Eva von Kleist

Lebenslagen

Kurzgeschichten

und

Erzählungen

Bibliografische Informationen

Text: Eva von Kleist
Oktober 2020

Herstellung und Verlag:
BoD-Books on Demand, Norderstedt
ISBN: 9783752625882

Inhalt

Vorab:

In ihren Kurzgeschichten und Erzählungen greift Eva von Kleist ganz unterschiedliche Themen auf: eine Kindheit, geprägt von der geistigen Enge der frühen 60er Jahre, das Konfliktfeld Schule, kriminalistische Verwicklungen im Altenheim, die Beziehungen der Geschlechter zwischen Freundschaft und Verlangen, ein Verlassener, der Hilfe bei einer Schamanin sucht ...

Und so wechselt auch der erzählerische Blick auf die Welt: teils ironisch, teils satirisch überspitzt, manchmal auch distanziert neutral das Geschehen gleichsam protokollierend, immer jedoch genau beobachtend.

Aufklärung im Jahre 1961

Anfang der 60er Jahre ging ich in die dritte Klasse der evangelischen Volksschule in der Waisenhausstraße in Iserlohn. Ich war mit meinen neun Jahren bereits recht hoch aufgeschossen und trug meine blonden Haare streichholzkurz. Dafür sorgte meine Mutter eigenhändig und verhinderte damit in mütterlicher Fürsorge jede Form von Niedlichkeit meinerseits.

Vier Jahre zuvor war meine extreme Kurzsichtigkeit aufgefallen, seitdem trug ich eine Brille, was mir einerseits dumme Sprüche bescherte – „Mein letzter Wille, ne Frau mit Brille!"-, mir aber andererseits auch einen größeren Überblick und damit ein gewisses Überlegenheitsgefühl vermittelte.

So hatte ich die Schule meiner Einschätzung nach im Grunde nicht mehr nötig, da ich notwendiges Wissen fürs spätere Leben bereits erworben hatte: Ich beherrschte das große Einmaleins, konnte flüssig lesen und überwiegend fehlerfrei schreiben, Gedichte auswendig lernen und aufsagen, ohne zu leiern, war Klassenbeste im Gummitwist, konnte Handstand an der Wand und wusste, dass man zu fremden Männern nicht ins Auto steigt.

Dieses Gefühl der Überlegenheit verließ mich jedoch häufig im Religionsunterricht. Das Lieblingsthema unseres Religionslehrers, die Geschichte von Adam und Eva, nahm ich persönlich, denn ich hieß nun mal Eva, und deshalb drehte sich die erste Reihe, in der die frechen Jungen saßen, gerne grinsend zu mir um, und der Brillenspruch kam zum Einsatz.

Mein diffuses Unbehagen steigerte sich zu puterroter Peinlichkeit, wenn Kain und Abel ins Spiel kamen. Mein Problem war hier nicht der Brudermord, sondern die Tatsache, dass Eva Mutter dieser beiden Knaben geworden war und irgendwie zu ihren Kindern gekommen sein musste, und zwar auf eine mir unbekannte Weise. Damit wollte ich nichts zu tun haben, und deshalb erwähnte ich hin und wieder, dass mein zweiter Vorname Maria sei.

Der ungekrönte Anführer der Quälgeister in der ersten Reihe war Paule Häulig. Paule benötigte noch Hilfslinien beim Schreiben, las nur stockend vor und konnte erst bis 50 rechnen. Er war etwas kleiner als ich und überspielte seine geringe Körpergröße erfolgreich durch männlich-herbe Ausdünstungen in der Klasse und kräftiges Ausrotzen großer grünlich-grauer Schleimbrocken auf dem Schulhof. Nach der Schule pinkelte er im Allgemeinen an ein niedriges Mäuerchen, das dem Ausgang des Schulhofes gegenüberlag. Paule war der erste Mensch in meinem Leben, dessen körperliche Nähe mir tiefes Unbehagen einflößte und den ich ohne jedes Mitleid wissentlich und gründlich übersah.

Trotz all dieser Widrigkeiten ging ich ganz gerne in die Schule. Zum einen wäre es sowieso nicht zu verhindern gewesen, da meine Mutter die Parallelklasse unterrichtete und so immer auf dem Laufenden war, zum andern verbrachte ich gerne meine Zeit mit meiner Klassenkameradin Karin Rosig, einer Nachbarstochter. Karin war etwas kleiner als ich und in der Schule sehr still. Wenn unser Klassenlehrer, Herr Meiersdorfer, ihr eine Frage stellte, überzog sich ihr rundes Gesicht mit einem rosafarbenen Schimmer, was ihr den Spitznamen „Röschen" eingebracht hatte. Karin hasste diesen Namen, und da sie ihren Nachnamen als Quelle ihrer Misere ausgemacht hatte, teilte sie diesen nur auf bohrende Nachfragen mit und sprach ihn dann auch ganz undeutlich, nahezu unverständlich aus.

Auf dem gemeinsamen Heimweg jedoch taute Karin jedes Mal auf. Mit frechen Bemerkungen über die großen und oft so roten Ohren von Herrn Meiersdorfer konnte ich ihr leicht ein fröhliches Gekicher entlocken. Zuweilen lachte sie dabei sogar laut, hielt sich aber dann doch schnell die Hand vor den Mund und warf einen kurzen Blick nach hinten, wobei ihre langen, dicken, blonden Zöpfe flogen.

Nur einmal trübte ein Zwischenfall unsere Freundschaft. Karin und ich schwärmten für denselben Jungen, einen sonnengebräunten, dunkelhaarigen, großgewachsenen Knaben mit braunen Augen, der die Parallelklasse besuchte und den wohlklingenden Namen Michael Brandtmeister trug. Dieser Junge wusste nichts von unserer Schwärmerei, die wir nicht nur vor ihm, sondern auch vor der jeweils anderen so geschickt wie möglich zu verbergen suchten.

Eine Schulveranstaltung brachte mein Geheimnis dann doch ans Licht, und zwar folgendermaßen: Meine Mutter hatte Vertretungsunterricht in meiner Klasse und musste sich um ihre eigene Klasse, besagte Parallelklasse, gleichzeitig kümmern, hatte also ca. 60 Drittklässler zu betreuen. Diese Doppelbelastung versüßte sie sich und uns mit einem Polka ähnlichen Hüpfetanz, wohlgemerkt mit Auffordern. Karin wurde sogleich zum Tanz gebeten, ich dagegen „blieb sitzen". Auf der Seite der Jungen saß ebenfalls, allerdings freiwillig und mit etwas gelangweiltem Gesichtsausdruck, Michael Brandtmeister.

Diese Phase der Entspannung wurde ihm jedoch durch meine Mutter verkürzt: „Ja, Michael, willst du denn nicht mit der Eva tanzen?" Michael war ein im Sinne der damaligen Zeit guterzogener Junge, der es sich keinesfalls mit seiner Lehrerin verscherzen wollte, und absolvierte mit mir einen Pflichttanz, den ausdruckslosen Blick mit sichtbar angespannter Kinnmuskulatur starr auf die fleckige Decke des Klassenzimmers gerichtet. Ich ahnte, dass hier irgendetwas nicht stimmte, und hüpfte - zwischen der glücklichen Aufregung über diese unerwartete körperliche Nähe und der Peinlichkeit der Situation hin- und hergerissen - schwankend, beinahe hölzern, auf alle Fälle unkoordiniert über den staubigen Boden. Dabei trat ich dem Angebeteten ein paarmal kräftig auf die Füße, dieser verzog keine Miene, begleitete mich nach dem Tanz höflich zu meinem Stuhl und forderte ein anderes Mädchen auf.

Als Karin mich an diesem Schultag nach Hause begleitete, schien sie mir schweigsamer als sonst. Vor unserer Haustür starrte sie mich kurz mit blitzenden Augen und leicht geröteten Wangen an, und dann brach es aus ihr heraus, laut und sehr hörbar im Umkreis von 20 Metern:

„Du bist in Michael Brandtmeister verliebt!"

Ich war aufgeflogen - und das in aller Öffentlichkeit! Nun, daran ließ sich jetzt nicht mehr ändern, also startete ich durch zum Gegenangriff:

„Nein, **du** bist in Michael Brandtmeister verliebt!" Dabei zog ich energisch an ihren langen blonden Zöpfen.

Diesen schweren Vorwurf wollte Karin keinesfalls auf sich sitzen lassen und so zerrte sie, ebenfalls energisch, an meinem Blusenkragen:

„Nein, du!"

„Nein, du!"

Und so tobten die Anschuldigungen hin und her. Dabei zerbrach meine Brille, Karins linker Zopf löste sich, ein Blusenknopf sprang ab. Ebenso blitzartig, wie der Streit begonnen hatte, fand er sein jähes Ende durch das unerwartete Auftauchen einer Klassenkameradin, auf deren neugierige Fragen wir sehr wortkarg antworteten:

„Versehentlich gestoßen und dann hingefallen", damit musste sie zufrieden sein.

Und auch mein Abschied von Röschen geriet etwas kühl. Mit einem hastig gemurmelten „Wiedersehen, bis dann" verabschiedete ich mich in die Ferien.

Die Ferien verbrachte ich, wie so häufig, auf einem Bauernhof in Sellenrade. Sellenrade, eine Ansammlung von sieben Häusern, im tiefen Sauerland zwischen Attendorn und Meinerzhagen gelegen, verfügt inzwischen über immerhin zehn Festnetzanschlüsse. Die ehemaligen Höfe sind umgewandelt in Gewerbebetriebe, die gemächlich ihre Dungfladen kreuz und quer auf den Wiesen verteilenden Kühe ersetzt durch sehr gleichmäßig angeordnete Tannen, Weihnachtsgeschäft eben.

Damals, Anfang der 60er Jahre, war davon jedoch noch keine Rede. Für mich war dieser Ort der schönste, den es auf der Welt gab, und am schönsten war der Bauernhof von Tante Else und Onkel Willi. Von der Hofseite kommend betrat man diesen Eindachhof - Tiere und Menschen wohnten unter einem Dach – durch einen großen Stall, in dem Kühe, Schweine und Hühner gemeinsam untergebracht waren, in jeweils dafür vorgesehenen Bereichen. Diese verströmten eine unbeschreibliche, intensive Geruchsmischung, die mir jedes Mal warm und würzig in die Nase stieg. Ende Juni roch es am besten, denn dann war das frische Heu oben auf dem Boden eingelagert worden, zu kleinen rechteckig geformten Ballen zusammengepresst, da die Besitzer inzwischen einen Hanomag mit stolzen 24 Pferdestärken besaßen. Damit konnten sie einen Balkenmäher, einen Heuwender und eine Ballenpresse bedienen. All das war vier Jahre zuvor noch von Hand geschehen und hatte eine große Anzahl helfender Hände erfordert. Diese waren nun nicht mehr nötig, und somit gab es auch nur noch einen Helfer, der Kalle oder auch Knecht genannt wurde, Letzteres allerdings nur in seiner Abwesenheit.

An den Stall schloss sich die Futterküche an, die man durchqueren musste, um in das Zentrum der Familie zu gelangen, eine geräumige Wohnküche, mit einem alten Küchenherd bestückt, der mit Holz befeuert wurde und auf dem Tante Else sämtliche Speisen herstellte, köstlichen Grießbrei beispielsweise oder Wackelpudding mit Waldmeistergeschmack, ein Fest.

Mit inzwischen neun Jahren war ich zwar immer noch dem Zauber des Landlebens erlegen, klebte aber dank besagter Brille nicht mehr nur am Detail, sondern konnte den Blick auch in die Ferne schweifen lassen. So war ich immer noch davon gefesselt, wie die größte braune Kuh, kurz die Braun genannt, ihre Zunge fast rhythmisch mal ins linke, mal ins rechte Nasenloch gleiten ließ, konnte inzwischen aber auch erkennen, was sich auf dem Hof des Nachbarn so tat.

Und dort tat sich so einiges, da der Nachbar Schulze seit drei Monaten über einen Bullen verfügte, welcher häufig zum Decken herangezogen wurde. Dabei ließ der jeweilige Besitzer der zu besamenden Kuh diese zunächst mit mäßigem Tempo auf Schulzes Wiese an einer Longe im Kreis herumlaufen. Danach gesellte sich Schulze mit seinem Bullen hinzu. Beide folgten der Kuh, bis der Bulle schließlich auf ihr Hinterteil sprang und dort einen Moment verharrte. Dieser Vorgang wurde zwei- bis dreimal wiederholt.

Ich bestaunte das Schauspiel aus einer Entfernung von ca. 20 Metern, also mit gebührendem Abstand, und wusste mit all dem zunächst nichts anzufangen. Und während ich nachdenklich in einen bereits etwas schrumpeligen Cox Orange aus dem letzten Jahr biss, kamen mir die Beobachtungen des vorhergehenden Abends wieder in den Sinn.

Ich hatte nämlich Kalle, der sein wöchentliches Bad nicht im Badezimmer der Familie, sondern in einer Zinkbadewanne in der Futterküche nahm, durchs Schlüsselloch bei eben diesem Bade beobachtet. Und richtig, als Kalle aus der Badewanne gestiegen war, da hatte doch bei ihm was gebammelt, genauso wie bei Schulzes Bullen.

Und da fiel es mir wie Schuppen von den Augen und mir wurde klar, wie Eva zu Kain und Abel gekommen war. Ich wusste somit Bescheid, dachte jedoch in den folgenden herrlichen Ferientagen nicht mehr weiter darüber nach.

Direkt am ersten Schultag nach den Ferien kam es mir wieder in den Sinn. Auf dem Heimweg, in fröhliches Geplapper mit Karin Rosig vertieft, sah ich, wie Paule Häulig mal wieder an das Mäuerchen neben dem Schulhof pinkelte, und sogleich musste ich Karin von meiner Entdeckung berichten:

„Du, hör mal", unterbrach ich Karin, die soeben von dem neuen Auto ihres Vaters schwärmen wollte, „ich weiß jetzt, wie man Menschen macht!" Karin brachte nur ein mühsames „Ach" hervor, verfärbte sich und verstummte. „Das ist ganz einfach", verkündete ich nun, „Popo an Popo!" Genauer vermochte ich es nicht mitzuteilen, genauer wollte Karin es allerdings auch nicht wissen, ganz im Gegenteil: Ohne weiteres Interesse an der Herstellung von Menschen strebte sie sehr einsilbig und eilig der elterlichen Wohnung zu.

Als ich zuhause ankam, hatte Frau Rosig bereits mit meiner Mutter telefoniert. Diese ließ sich die ganze Geschichte von mir detailliert schildern, wobei sie nur mühsam ernst bleiben konnte. Darüber würde man zu gegebener Zeit noch genauer sprechen, meinte sie dann und riet mir aber, die Frage, wie man

Menschen macht, in der Klasse nicht weiter zu vertiefen.

Das war auch nicht nötig, denn am nächsten Tag wusste es bereits die ganze Schule. Die Mädchen in meiner Klasse sprachen nicht mehr mit mir, tuschelnde Grüppchen bildeten sich auf dem Schulhof, kurze Blicke streiften mich, Gespräche verstummten, wenn ich mich näherte, es wurde zunehmend ungemütlich.

Nach der letzten Stunde dieses Schultages war Karin verschwunden, ich musste also den Heimweg alleine antreten. Leichter gesagt als getan! Es hatte sich nämlich ein Großteil der Klasse am Ausgang des Schulhofs zusammengerottet und wartete dort auf mich, eindeutig nicht mit den besten Absichten. Das Angebot meines Klassenlehrers, den Schulhof mit ihm gemeinsam zu verlassen, lehnte ich dankend ab.

Und so kam es dann zur unvermeidlichen Auseinandersetzung: Mit Beschimpfungen, Knuffen und Schubsern teilte mir die Klasse

3b mit, was sie von meinen Aufklärungsbemü-
hungen hielt. Ich wehrte mich, indem ich
meinen linken Schuh, der mir ohnehin im Getümmel vom Fuß geflogen war, in beide Hände
nahm und mich dann mit gestreckten Armen
so schnell wie möglich um die eigene Achse
drehte. Das verschaffte mir Luft, konnte
meine Position jedoch nur kurzfristig verbes-
sern.

Ich musste schließlich der Übermacht wei-
chen, wobei ich besagten Schuh zum zweiten
Mal verlor. Eine Klassenkameradin trug ihn
mir nach, vergeblich. Das hätte mir zu sehr
nach Versöhnung gerochen, und so humpelte
ich nach Hause, ohne mich nach der Mitschü-
lerin umzudrehen, tief in Gedanken versun-
ken: Irgendwas war schiefgelaufen, aber
was?

Das unerwartete Ableben des
Max-Adalbert Liesekötter

Als an diesem Dezembermorgen die Sonne ihre ersten Strahlen auf die rötlichen, etwas bröseligen Dachpfannen der Seniorenoase „Zum Heiligen Amadäus" schickte, saß Max-Adalbert Liesekötter bereits ein Weilchen tot in seinem Sessel in seiner Kommandozentrale, soll heißen, in seinem Büro, dort, wo er auf einem großen Bildschirm die Aktivitäten der Heimbewohnerinnen hatte lückenlos überwachen können. So hatte er nicht auf jedes lästige Klingeln reagieren müssen und ganz entspannt entscheiden können, ob er beispielsweise der Trudi aus Zimmer 7 tatsächlich die zweite Flasche Wasser bringen musste, was ja einen zusätzlichen begleiteten Toilettengang nach sich ziehen würde, oder ob er in aller Ruhe seinen eigenen Angelegenheiten nachgehen konnte. Natürlich waren derartige Überwachungen weder vorgesehen noch erlaubt, aber Max-

Adalbert hatte sich stets mit dem Hinweis auf die größere Sicherheit der Bewohnerinnen die Unterschriften der Angehörigen für derlei zwingende Notwendigkeiten beschaffen können.

Max-Adalbert lehnte scheinbar friedlich in seinem bequemen Chefsessel, der direkt vor der festlich geschmückten Nordmann-Tanne positioniert war. Sein gleichmäßiges Gesicht, auf dem die Spuren des Alters ihre ersten Zeichen hinterlassen hatten – Adalbert hatte inzwischen die Vierzig überschritten - zeigte keine Emotionen, einzig die tiefschwarzen, fast bläulich schimmernden Locken bewegten sich ganz sacht in dem Luftzug, der durch das angelehnte bodentiefe Fenster hereinwehte und auch dem Lametta eine feine Brise bescherte.

So fand ihn Olga, die gute Fee der Seniorenoase, die mit der Reinigung der Räumlichkeiten betraut war. Sie hatte pünktlich wie immer um 8:30 Uhr morgens ihren Dienst begonnen und vorsichtig die Tür zur Kommandozentrale von „Stasi-Maxe", wie Max-Adalbert von den Bewohnerinnen genannt wurde, geöffnet und sich gewundert, dass keine Anweisungen zu hören waren, die Max-Adalbert üblicherweise, ohne sich zu ihr umzudrehen, zu formulieren pflegte: „Erst die Klos, dann die Zimmer und später die Flure und das Treppenhaus und dann noch mal die Klos, und alles am besten schon gestern!"

Wenn diese stets gleichen Äußerungen unterblieben, das war Olga blitzartig klar, dann musste etwas Gravierendes passiert sein. Nach kurzer Umrundung des Sessels und einem schnellen Blick in das wächserne Gesicht ihres Chefs fühlte Olga sich in ihren schlimmsten Befürchtungen bestätigt.

„Jetzt bloß Ruhe bewahren, nichts anfassen, keine Spuren verwischen, Polizei rufen, Bewohner nicht beunruhigen!", präzisierte Olga, geschult durch zahlreiche Fernsehtatorte, gedanklich ihr weiteres Vorgehen. Auf den ersten Blick hatte sie keine äußeren Verletzungen feststellen können, aber man wusste ja nie, ob vielleicht „Fremdver-schulden" vorlag.

Und so wurde sie dann ca. 30 Minuten spä-ter nach kurzer Befragung durch Kommissa-rin Beierlin-Busemann von dieser mit dem knappen Lob „Sie haben alles richtig ge-macht!" in ihren Arbeitsalltag entlassen. Beierlin-Busemann ordnete zudem allgemeine Verschwiegenheit an, bis der Bericht des Pa-thologen Dr. Brakenkämper vorliege. Man wolle die Heimbewohnerinnen nicht verunsi-chern.

Somit wurde die Abteilung der Bewohne-rinnen mit den Demenzstufen 2 und 3, der „Knallerbsen", wie sie vom Pflegepersonal hinter vorgehaltener Hand genannt wurden, an diesem Tage von der Hilfspflegerin Sarina kommentarlos übernommen.

Derweil hatte die Spurensicherung ihre Aufgabe beendet, zum Bedauern von Beierlin-Busemann ohne nennenswerte Ergebnisse. Allerdings gab ihr die Tatsache zu denken, dass gar keine Fingerabdrücke im Büro des

Verstorbenen vorhanden waren, auch nicht seine eigenen. Alles wirkte sorgfältig aufgeräumt.

Besonderes Kopfzerbrechen bereitete Beierlin-Busemann, dass sämtliche Video-Aufzeichnungen der Aktivitäten der Bewohnerinnen sowie alle Dateien mit ihren Akten gelöscht waren. Bis auf gängige Computerspiele wie „World of Warcraft" oder „Anno 1800" war der Computer leergefegt. Stirnrunzelnd sah sich Beierlin-Busemann noch einmal im Büro des Verstorbenen um. Es half nichts, sie musste den Bericht von Brake, wie sie Dr. Brakenkämper gerne nannte, abwarten.

In der Zwischenzeit ging Olga im Eiltempo ihrer Arbeit nach. 15 Minuten pro Zimmer, da musste sie schnell sein, vor allem, wenn sie auch noch kleinere Wünsche der Bewohnerinnen erfüllen wollte, z. B. den oft geäußerten nach einer weiteren Flasche Wasser.

Und so wirbelte Olga durch die Zimmer, unangemessen gut gelaunt, wie ihr selbst auffiel, während die Bewohnerinnen von Sarina in Grundzügen für den Tag hergerichtet wurden.

In Zimmer Nr. 3 fiel Olgas Blick in eine geöffnete Kommode, dort lugte ein Zettelchen aus einem Stapel Leibwäsche hervor. Was war denn das? Neugierig näherte sie sich und zog den Zettel aus dem Wäschestapel. „Pfoten wech vonne Unterplinten, du Sausack von Stasi-Maxe!!!" war dort in krakeliger Schrift auf der Rückseite einer Reinigungsquittung vermerkt. Olga war baff. In Windeseile schob sie die Quittung wieder in den Stapel und wechselte schnell ins nächste Zimmer.

Die Bewohnerin von Zimmer Nr. 4 lag auch gegen 9:00 Uhr noch im Tiefschlaf, wie immer. Ein tragischer Fall! Die bildhübsche Ehefrau Marita des erfolgreichen Schönheitsspezialisten Dr. Preuß war bereits mit 52 Jahren an Alzheimer erkrankt. Seit zwei Monaten lebte sie in der Seniorenoase, wo sie ihr Bett selten verließ. „So eine schöne Frau

und nur Gemüse im Gehirn! Schade drum!"
Mit diesen und ähnlichen Gedanken beschäftigt näherte sich Olga der Wäschekommode, denn ihr Spürsinn war erwacht.

Olga hatte in ihrer Heimat Polen als Lehrerin gearbeitet. Selbst die besonders frechen Kinder hatten sie dort respektiert, weil sie jedes Mal mit detektivischer Genauigkeit erkannte, wenn ein Kind die Hausaufgaben abgeschrieben hatte, was ihr den Beinamen „die Nase" eingebracht hatte, da Olgas Nasenflügel vibrierten, wenn sie die Übeltäter überführte.

Und Olgas Spürnase juckte. Vorsichtig öffnete sie die Wäschekommode von Frau Marita Preuß - und erstarrte. Sie blickte auf eine Ansammlung seidiger, hauchzarter Höschen, jedes für sich ein verführerisches Nichts, ein selbst für die lebenserfahrene Olga bis zu diesem Zeitpunkt unbekannter Anblick.

„Was suchen Sie? Kann ich Ihnen weiterhelfen?", erklang es plötzlich klar artikuliert und hellwach hinter Olgas Rücken, und diese Stimme gehörte, da gab es keinen Zweifel, zu der „Knallerbse" Marita Preuß.

Geschickt zog sich Olga aus der Affäre: Sie beglückwünschte Frau Preuß zu ihren erfreulichen Genesungsfortschritten, schloss wie beiläufig die Wäschekommode und leerte den Papierkorb. In diesem fand sie, begraben unter zahlreichen Wattepads und Tempotaschentüchern, eine Spritze und einen Stick. Olga ließ sich nichts anmerken, aber innerlich lief sie zur Höchstform auf: Sie musste sofort Frau Beierlin-Busemann informieren.

Wieder auf dem Flur wählte sie blitzartig die Nummer der Kommissarin und erstattete ihr Bericht.

20 Minuten später war Frau Beierlin-Busemann vor Ort, mit einem Durchsuchungsbefehl in der Tasche. Sogleich gab sie die verdächtige Spritze an das Labor weiter. Dann kontrollierte sie den Stick, während das Zimmer von Frau Preuß in Anwesenheit

des stellvertretenden Pflegedienstleiters durchsucht wurde.

„Die Spritze und den Stick habe ich leider mit den Händen angefasst", hatte ihr Olga mit bedauerndem Augenaufschlag mitgeteilt. „Wegen der Fingerabdrücke. Da hab' ich in der Aufregung nicht dran gedacht." Wohlweislich hatte Olga verschwiegen, dass sie in aller Eile eine „Sicherungskopie" des Sticks für sich angefertigt hatte.

Und so kam es, dass sowohl die leitende Kommissarin als auch die Reinigungskraft Olga die auf dem Stick befindlichen Video-Dateien zeitgleich überprüften: Frau Beierlin-Busemann auf dem großen Bildschirm im Büro des verstorbenen Pflegedienstleiters und Olga auf ihrem kleinen Laptop in der Abstellkammer für die Reinigungsgeräte.

Während Olga jedoch zunächst den Zeitraum von 8:30 Uhr bis 17:00 Uhr ins Visier nahm, also ihre Arbeitszeit, interessierte sich die Kommissarin für die Aufnahmen der vergangenen Nacht zwischen Mitternacht und vier Uhr morgens, da Dr. Brakenkämper den Zeitpunkt des Todes bereits auf „höchstwahrscheinlich zwischen ein und drei Uhr morgens" eingegrenzt hatte.

Frau Beierlin-Busemann warf zunächst einen Blick auf die Bewohnerin von Zimmer Nr. 3, eine gewisse Jutta Hurtig, eine pensionierte Mathematiklehrerin. Was machte Frau Hurtig denn dort, nur spärlich beleuchtet vom Schein einer Kerze? Sie hatte die Kommode ausgeräumt. Was suchte sie? Nun bildete sie gleichgroße Stapel ihrer Unterwäsche, die sie akkurat nebeneinander positionierte. Was tat sie denn da? Nein, sie suchte nichts, sie zählte, sie zählte ihre Unterhosen, und zwar jeden Stapel einzeln. Außerdem starrte sie zwischendurch dauernd in den großen Wandspiegel und zog an ihrer Nase. Das schien ein richtiger Tick zu sein. Da, schon wieder! Aha, jetzt hängte sie ein großes Tuch vor den Spiegel. Arme Frau, sie kam wohl als Täterin nicht in Frage.

Nun wechselte Frau Beierlin-Busemann zu den Aufzeichnungen von Zimmer Nr. 4, in dem Frau Marita Preuß wohnte. Zunächst konnte sie aufgrund der Dunkelheit kaum etwas erkennen. Aber doch, da lag jemand im Bett, wälzte sich unruhig hin und her und murmelt etwas. Kein Zweifel, das war Marita Preuß, deutlich zu erkennen an der Lockenmähne und der leichten Stupsnase. Damit kam sie als mögliche Täterin eigentlich nicht infrage, musste aber wegen des Inhalts ihres Papierkorbs trotzdem befragt werden, am besten in Anwesenheit der Polizeipsychologin Kottwitz.

Zwei Stunden später saßen sich die Kommissarin, die Polizeipsychologin und Frau Preuß gegenüber: Frau Preuß hatte darauf bestanden, weder in ihrem Zimmer noch in einem anderen Raum der Seniorenoase befragt zu werden, vielmehr schien ihr das Polizeipräsidium hierfür der passendste Ort zu sein, gehe es doch um den Mord am Pflegedienstleiter.

Nach dem einleitenden Hinweis auf die Wahrheitspflicht und nach der Aufnahme der persönlichen Daten ging Beierlin-Busemann zunächst ganz behutsam vor:

„Frau Preuß, wie fühlen Sie sich gerade? Fühlen Sie sich dieser Unterhaltung gewachsen?"

„Naja, es geht so. Ich mach mir Sorgen um meinen Mann."

„Aber warum denn? Können Sie das erklären?"

„Ach wissen Sie, ich habe Angst, dass er etwas Dummes gemacht hat."

„Was meinen Sie damit?"

„Nun, es kommt ja doch heraus, dann kann ich es auch gleich erzählen. Sie müssen wissen, der Max hat meinen Mann erpresst. Dabei ging es um Frau Hurtig. Frau Hurtig war eine Patientin meines Mannes. Er hat ihre Adlernase in eine gerade Nase verwandelt, auf ihren Wunsch natürlich. Und danach tickte sie nicht mehr richtig und hat behauptet, mein Mann hätte ihr ein Allerweltsgesicht gemacht. Er hätte ihr ihre Seele geraubt. Sie lief von einem Gutachter zum andern. Dumm nur, dass nichts dabei rauskam, ihre Nase ist nämlich super geworden. Als sie drohte, zur Bildzeitung zu gehen, zahlte mein Mann ihr einmalig eine große Summe und sie gab Ruhe. Sie entwickelte jedoch eine schwere Psychose. Sie zog dauernd an ihrer Nase und musste schließlich frühpensioniert werden. Als sie vor drei Jahren in dieses Pflegeheim kam, hat Max ihr die Sache mit der OP entlockt und fing an, meinen Mann zu erpressen. Außerdem hat er Frau Hurtig richtig auf Touren gebracht. Er hat ihr einen Mega-Metallspiegel ins Zimmer gehängt - wo sie doch Spiegel inzwischen so hasste. Gerne hat er ihr auch andersfarbige Unterwäsche untergeschoben. Das machte sie echt fertig, sie glaubte, sie könnte nicht mehr zählen."

„Frau Preuß, woher wissen Sie das alles?"

„Ich kannte Max genauer, ich bringe ihm seit drei Jahren das Geld vorbei, insgesamt sind es bis jetzt 150.000 €. Ich habe ihm erzählt, dass ich meinen Mann leid wäre und auf Macke machen würde, damit ich in seiner Nähe sein könnte. Deshalb auch die idiotischen Schlüpfer. Er fühlte sich geschmeichelt, der Idiot. Natürlich hatte ich die ganze Sache, also meinen Einzug vor zwei Monaten, mit meinem Mann geplant, um die Lage vor Ort zu peilen und um dem Max ein bisschen auf die Finger zu gucken. Und jetzt ist er tot, und ich habe Angst, dass mein Mann die Nerven verloren hat."

„,…die Nerven verloren hat', was meinen Sie damit, Frau Preuß?"

„Na ja, dass er, also mein Mann, es war."

„Was, bitte, Frau Preuß, soll er, also Ihr Mann, gewesen sein?"

„Nun, ich fürchte, dass er den Max, na ja, also irgendwie … , also dass er was mit dem Mord zu tun hat."

„Frau Preuß, wie kommen Sie darauf, dass es sich hier um Mord handelt?"

„Wieso sind denn sonst die Bullen hier? Entschuldigung, die Polizei."

Nach einer Pause legte Frau Beierlin-Busemann den Stick und die Spritze auf den Tisch. „Frau Preuß, kennen Sie diese Gegenstände?"

„Na klar, ein Stick und ´ne Spritze. Wieso?"

„Beides haben wir in Ihrem Abfalleimer gefunden."

„Waaaas?! Also von mir ist das nicht!!! Das hat mir jemand untergejubelt. Ich glaub, ich spinne!!! Ich will sofort meinen Anwalt sprechen!!!"

„Wir brechen die Vernehmung ab. Sie können gehen, wohin es Ihnen beliebt. Verlassen Sie aber die Stadt nicht, falls wir noch Fragen haben."

Während die klackernden Absätze von Frau Preuß im langen Flur des Präsidiums immer leiser wurden, ließ sich die Kommissarin das soeben Gehörte noch einmal durch den Kopf gehen: *Durchsichtige Strategie einer attraktiven Ehefrau mit übersichtlicher In-*

telligenz, dem *Geld des Gatten* außeror-
dentlich zugetan!

Das Klingeln ihres Handys unterbrach ihre
Überlegungen: Es war Dr. Brakenkämper, eilig
wie immer: „Tja, Todeszeitpunkt gegen ein
Uhr morgens, sieht bis jetzt alles nach stink-
normalem Herzinfarkt aus. Da gibt es aber
eine winzige Einstichstelle am Hals, jedoch
keine Befunde in den Blutwerten. Heißt aber
nichts, denn Insulin baut sich ja blitzartig ab,
wie wir wissen. Das könnte schwierig werden,
zumal auf der Spritze und dem Stick ja nur
die Fingerabdrücke der Putzhilfe entdeckt
wurden. Bis dann, ich melde mich, wenn's was
Neues gibt."

Klack, aufgelegt, typisch Brake! Frau
Beierlin-Busemann runzelte die Stirn. Sie
sollte vielleicht wirklich noch einmal mit Olga
reden.

Als sie gegen 19:00 vor Olgas Wohnungs-
tür stand, musste sie nicht klingeln: Die
sichtlich nervöse Olga schien sie erwartet zu
haben.

„Bitte, kommen Sie rein. Ich muss Ihnen was beichten. Ich wollte Sie schon anrufen, habe mich aber nicht getraut, weil ich dann bestimmt meinen Job verliere."

Damit hatte die Kommissarin nicht gerechnet, ließ sich aber nichts anmerken. „Ich zeichne das Gespräch auf."

„Selbstverständlich, und da sind wir schon beim Thema. Es geht um Aufzeichnungen, die Videoaufzeichnungen", sprudelte es aus der sonst eher besonnen wirkenden Olga heraus, „das müssen Sie sich unbedingt angucken, hier, bei mir, am Laptop. Ich habe mir nämlich eine Kopie vom Stick gemacht, also von dem aus dem Papierkorb von der Schönheitsfrau. Sie müssen entschuldigen: Meine Nase hat gejuckt, und dann stimmt was nicht. Das war bis jetzt immer so. Außerdem wollte ich auch sehen, wie ich putze, so von oben betrachtet, ob das wirklich gut ist, und überhaupt... Aber damit", Olga holte tief Luft, „habe ich nicht gerechnet. Gucken Sie mal!"

Olga hatte inzwischen den Laptop hochgefahren: „Hier!!!"

Auf dem Bildschirm sahen die beiden Frauen das Zimmer von Frau Preuß, rechts unten im Bild war die Uhrzeit eingeblendet: 5:32 Uhr. Da, die Tür öffnete sich, eine leicht gebeugte Figur mit einer Taschenlampe in der Rechten wieselte schnurstracks zum Papierkorb, warf etwas hinein, wandte sich um, hielt kurz neben dem Spiegel, blickte hinein und schien sich ins Gesicht zu greifen. Dann verließ sie den Raum, mit kurzen, schnellen Schritten.

„War das nicht die Frau aus Zimmer Nr. 3, die mit dem Nasentick, diese Frau Hurtig? Das muss ich noch mal sehen! Der Stick wird eingezogen", versuchte die Kommissarin ihr Erstaunen und ihren Ärger zu überspielen. *Das hätte mir doch auffallen müssen und nicht dieser „Olga Marple". Ja, wie hieß Olga überhaupt mit Nachnamen?*

„Und schauen Sie mal hier", wurde die Kommissarin jäh aus ihren Gedanken gerissen, „hier, dieser verschlüsselte Ordner mit der Bezeichnung TS!"

„Wie heißt der? TS? Komisch. Nein, da fällt mit nichts zu ein."

„Ich glaub, ich hab's", vernahm die Kommissarin plötzlich von der aufgeregt klingenden Olga. „Manchmal sollte ich für Stasi-Maxe auch privat putzen, schwarz natürlich, was mir gar nicht recht war, und dann hat er immer ,TS' gesagt und leise ,top secret' geflüstert.

Die Kommissarin grinste anerkennend:

„Womit wir unser Passwort hätten."

„Bitte geben Sie's ein. Ich weiß, laufende Ermittlungen … Ich will doch nur wissen, ob das Passwort stimmt."

„Gut, dann gehen Sie mal da um die Ecke, am besten in die Küche, da können Sie einen schönen Tee kochen", ordnete die Kommissarin gnädig an und gab das Passwort ein. Vergeblich!

„Bitte denken Sie dran, Stasi-Maxe war Legastheniker", hörte sie nun aus der Küche.

„Er benutzte deshalb nur Großbuchstaben, was ihm aber wenig nützte, da er nicht nur in der Groß- und Kleinschreibung viele Fehler machte. Versuchen Sie doch einfach TOP SEKRET.

Tatsächlich, das war's! „Den Tee erstmal gut durchziehen lassen und in den nächsten Tagen gründlich Zeitung lesen", empfahl die Kommissarin und verließ beschwingten Schrittes Olgas Wohnung.

Kurze Zeit später hatte Beierlin-Busemann den diensttuenden Polizeianwärter Kruse in der Einsatzzentrale zur Überprüfung der Datei mit dem Passwort *TOP SEKRET* hinzugezogen: Das Videomaterial zeigte das Geschehen im Büro des Verstorbenen, in der Nacht seines Todes.

Max-Adalbert hatte um 20:00 Uhr in entspannter Körperhaltung die Tagesschau verfolgt und sich zwischen 20:15 Uhr und 22:30 Uhr sehr konzentriert einem Computerspiel gewidmet; dabei hatte er siebenmal den Alarmknopf weggedrückt. Um 22:30 Uhr war er aufgestanden, hatte ausgiebig gegähnt und anschließend eine Flasche Sekt aus einer kleinen, im Schreibtisch verborgenen Kühlbox geholt, geöffnet und auf dem Schreibtisch positioniert, zwischen zwei edlen Sektflöten, die er gekonnt hinter einer großen Greiner-Bibel hervorgezaubert hatte. Um 22:39 öffnete er die Tür, und Frau Preuß, elegant zurechtgemacht, betrat das Büro. Kurze Begrüßung, Übergabe eines dicken Kuverts, Leeren der Sektflöten im Stehen, danach verschwanden beide aus dem Bild. (*Ach ja, das Sofa in der Zimmerecke wurde wohl von der Kamera nicht erfasst.*) Um 23:32 Uhr verließ Frau Preuß etwas zerzaust den Raum. Um 23:47 Uhr erschien Max-Adalbert wieder im Bild, in ein morgenmantelähnliches Gewand gehüllt, warf einen konzentrierten Blick in das Kuvert und legte es in die Kühlbox. Danach säuberte er bis 1 Uhr morgens sein Zimmer: Mit verschiedenen Putzmitteln bearbeitete er sorgfältig den Schreibtisch und alles im Bild Sichtbare und verließ danach das

Kamerablickfeld, mit Lappen und Putzmitteln in den Händen. Um 1:12 Uhr erschien Max-Adalbert wieder im Blickfeld, setzte sich in den Sessel, schien die Lehne verstellen zu wollen, und dann geschah es: Max Adalbert griff sich an die linke Brust, sein Gesicht verzerrte sich, seine Rechte suchte nach irgendetwas auf dem Schreibtisch, vergeblich! Nach kurzem Aufbäumen lag der Pflegedienstleiter bewegungslos in seinem Chefsessel, so, wie Olga ihn am nächsten Morgen finden würde.

„Ach", wunderte sich die Kommissarin, „und der Einstich am Hals? Komisch. Kruse, spulen Sie mal vor!"

Der Schnelldurchlauf zeigte bis um 5:00 Uhr morgens ein unverändertes Bild, doch dann betraten zwei Personen gleichzeitig den Raum: vom Flur, leicht gebeugt und nasezupfend, Frau Hurtig und von draußen, durch das bodentiefe Fenster, ein großgewachsener Mann. (Kommt mir bekannt vor, ach ja, vom

Foto, im Zimmer von der Preuß, also wohl ihr Mann.)

Beide Eindringlinge schienen einander nicht erwartet zu haben, da sie erschrocken innehielten, als sie sich im Schein ihrer Taschenlampen erblickten, dann aber legten beide wie auf ein Kommando den Finger an die Lippen und handelten im Folgenden in stillem Einvernehmen; Ihre vorsichtigen Bewegungen verrieten, dass sie jedes Geräusch vermeiden wollten. Auf eben diese Weise näherten sie sich dem Sessel des Pflegedienstleiters, und mit geübter Bewegung platzierte der Mann eine Spritze in den Hals des vermeintlich Schlafenden, während er ihm gleichzeitig den Mund zuhielt, zuckte jedoch sogleich zurück, suchte vergeblich nach dem Puls und entfernte die Spritze, ohne sie entleert zu haben. Dann ein Kopfschütteln zu Frau Hurtig und weg war er.

Frau Hurtig schien jedoch keine Eile zu haben. Zunächst legte sie die eingeschaltete Taschenlampe auf den Schreibtisch und verstaute die Spritze, die der großgewachsene Mann auf dem Fußboden hatte liegen lassen, in ihrer Tasche. Danach zog sie einen Stick aus der Tasche, mit dem sie sich im Folgenden am Computer des Pflegedienstleiters zu schaffen machte. Das dauerte eine Weile. Im Anschluss hantierte sie in den Tiefen der Kühlbox, entnahm dieser einen ganzen Stapel prallgefüllter Kuverts, schaltete die Taschenlampe aus und verließ das Büro.

Der sofortige Anruf der Kommissarin in der Seniorenoase ergab, dass Frau Hurtig gegen Mittag von einer älteren Dame, die sich als ihre Schwester vorgestellt hatte, abgeholt worden war, zu einem weihnachtlichen Bummel durch die schöne Altstadt, hatte es geheißen. Inzwischen war man im Pflegeheim in Unruhe, man wartete voller Sorge auf die beiden alten Damen.

Frau Beierlin-Busemann ließ Frau Hurtig zur Fahndung ausschreiben, machte sich aber wenig Hoffnungen: Frau Hurtig trug ihren Namen offensichtlich zu Recht. Vielleicht war das Zupfen an der Nase auch nur ein ausgedachter Tick. Herr Preuß würde sich jedoch nach einer anderen beruflichen Tätigkeit umsehen müssen, auch wenn er den Tod des Pflegedienstleiters nicht verschuldet hatte. Sein Verhalten im Zimmer des Toten widersprach dem ärztlichen Ethos aufs Gröbste. Und an dem Verhalten gab's ja nichts zu rütteln, dank des informativen Sticks, den Frau Hurtig freundlicherweise im Papierkorb seiner Ehefrau hinterlassen hatte.

Schlaue Frau! Dabei dachte die Kommissarin allerdings nicht an Frau Preuß. Die würde nämlich erhebliche Kosten an die Krankenkasse zurückzahlen müssen, wegen unberechtigter Inanspruchnahme einer Pflegeleistung. Das würde teuer werden.

Und Olga? Frau Reinig, die gute Seele der Polizeikantine, ging doch in Elternzeit. Und die Polizei brauchte Ersatz, qualifizierten Ersatz. Lächelnd griff Frau Beierlin-Busemann zum Hörer...

La giacca stupida (Die dumme Jacke)

„Cheffe, bitte, bitte nicht! Cheffe, ich hab' sie verloren, la giacca stupida, aber ich finde sie wieder, bestimmt! Cheffe, da waren sie sicher, das weiß ich. Cheffe! Nein!!! Cheffeee!!!"--- Das war das Letzte, was ich, la giacca stupida, von Luigi gehört habe! Dass ich es hören konnte, dafür sorgte Luigis Handy in meiner linken Jackentasche. Luigi hörte mit diesem Handy stets den Cheffe ab, und zwar mithilfe eines kleinen Ohrrings, den er Cheffe mal geschenkt hatte und in dem sich ein winziges Mikro versteckte.

Luigi würde in Zukunft allerdings niemanden mehr abhören, genauer gesagt, er würde gar nichts mehr hören, denn Cheffe versteht im Allgemeinen keinen Spaß. Komplett humorlos aber wird er bei 55 heißen weißen Steinchen, eingenäht in mein Innenfutter, übrigens eigenhändig von Luigis Oma Carla. Oma Carla war mal Schneidermeisterin, gute Frau, muss ich sagen, hat Respekt vor Handarbeit, erkennt die Qualität des Materials. „Edle Jacke, aber Plan eines Erbsenhirns, also Vorsicht, Luigi!", hatte sie vor sich hin gebrummelt, während sie mit sicherer Hand behutsam eine verdeckte Naht aufgetrennt und später wie von Zauberhand wieder zugenäht hatte. Klugerweise unter der linken Achselhöhle, wo weder Tier noch Mensch freiwillig seine Nase hinsteckt, vor allem dann nicht, wenn Luigi dort seine Duftmarke hinterlassen hat.

Nun, sie hatte Recht, was auch immer Luigi ausgetüftelt hatte, es muss der Plan eines Erbsenhirns gewesen sein, denn sonst wäre ich nicht hier gelandet, vergessen auf dieser Bank am Soester Bahnhof, mit einem vor sich hin brabbelnden Handy in der Tasche, aus dem soeben Cheffes Stimme zu hören war: „Räumt das Erbsenhirn weg!" Danach ertönte noch ein Piepen, der Akku des Handys verabschiedete sich. Gott sei Dank, denn ich hatte schon mehr Aufmerksamkeit erregt, als mir lieb war.

Zum einen war da dieser dürre Herr mit glanzlosen, etwas strähnigen Haaren neben mir, der mit zerstreutem Gesichtsausdruck Luigis inzwischen mausetotes Handy unauffällig aus meiner linken Jackentasche in seine rechte Hosentasche gleiten ließ. Zum andern näherte sich ein Knirps von vielleicht vier Jahren mit den Worten: „Mama, die Jacke kann sprechen!" „Tobias, lass den Quatsch! – Entschuldigung, ist das Ihre Jacke?", fragte eine resolut wirkende Dame den strähnigen Herren, der gelangweilt abwinkte.

Und so wurde ich pflichtbewusst eingepackt und in eine muffige, fensterlose Kammer gebracht, die sich Soester Fundbüro nennt, acht- und lieblos über so einen Billigbügel aus Metall geworfen, von einer – nun einer Dame. Wissen Sie, wir Italiener sind höflich. Diese Dame hat zuerst mit spitzen Fingern meine Taschen durchwühlt, wobei sie durch den Mund geatmet hat, danach hat sie mit ausgestreckten Armen und kritischem Blick nach dem nicht vorhandenen Etikett gesucht – Sie müssen wissen, ich bin vom Laster gefallen – und mich dann mit einem gedehnten „Na ja! Bahnhofsfundstück eben, typisch!" neben so eine formlose Winterjacke gehängt.

So, hier dümpel ich jetzt durch die Zeit, verstaube, verschimmle, wer weiß? Das Schlimmste ist aber, ich gehöre hier nicht hin, ich gehöre nach Mailand, in die Via Mazzini, und nicht in die Brüderstraße in Soest. Gut, ganz schlecht ist die auch nicht, das meinte Luigi nämlich. Besonders gut schien ihm da so ein Juwelierladen zu gefallen, möglicherweise auch die Verkäuferin. Auf jeden Fall hat er sich dort von einer netten blonden Dame ein paar hochpreisige Uhren zeigen lassen.

Mir hat die Luft gefallen und das Wetter. Es ist häufiger bewölkt als in Bella Italia. Diese Brüderstraße ist auch recht schmal, die Sonne hat viele Stunden des Tages keinen Zutritt. Wissen Sie, die permanente Sonneneinstrahlung in Bella Italia verdirbt das Leder. Sie bleicht aus und macht hart. Das ist ein Problem. Das wird überhaupt nicht gesehen, vor allem nicht von Luigi.

Aber noch mal zurück zur Via Mazzini: Da gehör ich hin, und da hätte ich auch herkommen müssen, wenn die Sache mit dem Lastwagen nicht passiert wäre. Und danach bin ich halt dem Luigi in die Finger geraten. Der hat dann mit mir die tollsten Eroberungen gemacht, erstmal rein geschäftlich, aber auch in der Damenwelt. Gut, ich mache schlank, ich strecke eben. Ich habe was gekostet, vielmehr – ich hätte was gekostet – und das sieht man und fühlt man. Ich dräng mich aber nicht auf, ich bin einfach, edel und schlicht, kaum sichtbare Nähte oder modische Confusione, nicht zu eng, aber auch kein Zelt, zeitlos, möchte ich sagen. Deswegen macht es auch nichts, dass ich schon etwas älter bin.

Vor kurzem hat die Dame mich noch mal vom Bügel genommen. „Ja, ja", hat sie gesagt, „eigentlich schade drum." Dann hat sie ganz vorsichtig an mir gerochen. „Geht eigentlich inzwischen", hat sie gemeint und mich wieder weggehängt.

Mittlerweile bin ich wieder guter Dinge, denn gestern hatten wir unseren Durchbruch. Sie hat mich zum zweiten Mal vom Bügel geholt und auf einen Tisch gelegt. Dann hat sie ihre rechte Hand prüfend über meinen rechten Ärmel gleiten lassen, übrigens eine sehr gepflegte Hand mit weicher Haut, keine langen Krallen, sondern kurze dezent lackierte Nägel. Und dann hat sie „Ah!" gesagt und noch mal „Aaah! So weiches Leder! Die muss auf einen schönen breiten Holzbügel!" Und dabei haben ihre Augen geglitzert, und jetzt hab ich's: Immer, wenn ich mit Luigi unterwegs war, haben die Augen der Frauen geglitzert, und ich weiß jetzt auch, an wem das gelegen hat.

Die Eltern

Schon zeitig entdeckten die Eltern, dass es ihnen nicht gelungen war, einen kräftigen Stamm hervorzubringen, dass ihr Sprössling, wie sie von niedriger Wuchsform, sich durchaus nicht anschicken wollte sie zu übertreffen, sondern, selbst für den lieben- den Elternblick, nur als dünn bleibendes Stämmchen sehr nahe am Boden zu bezeich- nen war, sehr nahe am Boden.

Nachdem sie die Depression, in die sie nach dem Anblick ihrer spärlichen Leibes- frucht verfallen waren, überwunden hatten, beschlossen sie, das von der Natur Verwehr- te durch ein Höchstmaß an Pflege zu erset- zen, und verbrachten ihren Sprössling in eine Baumschule, die sich auf derlei Magerpflan- zen spezialisiert hatte.

Mit gutem Kompost und Spezialdünger aus fernen Ländern, mit Rankhilfen aus Edelstahl und klimatisierten Gewächshäusern, mit ma- gischen Beschwörungsformeln und natürlich -

dem sogenannten grünen Daumen - hatte man dort schon so manches Kriechgewächs zu einer ganz netten Kleingartenstaude ausgebaut. Gewiss, es hatte auch hin und wieder ein paar echte Prachtexemplare gegeben, aber die waren selten und ließen in den Gärtnern, die an den zähen Kampf um Mittelmäßigkeit gewöhnt waren, wehmütige Vorstellungen von parkartiger Weite aufkeimen, die im Allgemeinen jedoch binnen kurzem von der gleichförmigen Routine des täglichen Einerleis begraben wurden. -- Davon jedoch nichts zu den Eltern!

Dass es sich zwar um einen zarten, aber im Innersten doch sehr gehaltvollen Spross handele, der zu seiner weiteren Entwicklung vor allem die Experten brauche, um sicher zu gehen, auch den ganz speziellen Guano-Dünger - da müssten sie schon noch etwas drauflegen - von derlei Mutmaßungen und Forderungen ermuntert, hofften die Eltern auf Besserung. Jedoch, der rechte Erfolg blieb ihnen versagt. Nicht nur, dass sich partout keinerlei Stämmchenbildung einstellen wollte, mit zahlreichen Krankheiten hatte ihr Sprössling zu kämpfen, immer neue Stäbe und Stützen mussten angefertigt werden, doch kraftlos wollte dem Pflänzchen aus eigener Stärke nichts gelingen. Müde ließ es die Blätter hängen, sogar von einem drastischen Rückschnitt war die Rede, ja, mehrere Triebe sollten eingekürzt werden, was den Aufenthalt in der Baumschule um ein weiteres Jahr zu verlängern drohte, ein ganzes langes und vor allem teures Jahr.

Aber da hatten die Gärtner ihre nicht unbescheidene Rechnung ohne die Eltern gemacht. Zornig leerten diese ihre Taschen aus. „Gar nichts mehr drin!", riefen sie. „Gar nichts mehr drin?", fragten sie, zwischen Vorwurf und Forderung wechselnd. Vielstimmig, einfalls- und umfangreich analysierten und kommentierten sie die Situation: „Dieser Rückschnitt schwächt den Spross! Gute Muttererde, von wegen - nur auf Sand haben Sie Ihre Versprechungen gebaut! Der Baumschuldirektor ist schuld! Er hat uns, was die Aufzucht angeht, gänzlich falsch beraten! Der Gewächshausverwalter ist schuld! Er hat seinen Fahrer nicht ordnungsgemäß angewiesen, die kranke Pflanze regelmäßig zum Belüften vom Gewächshaus ins Freie zu tragen! Die Gärtner sind schuld! Sie hätten regelmäßiger mit der Pflanze sprechen müssen. Sie durften das geringe Pflanzenwachstum nicht als solches wahrnehmen, vielmehr hätten sie die Pflanze fürs Überleben beglückwünschen und sie vertikal behauchen müssen." Im 13. Kommentar zur Pflege und Aufzucht von Zier- und Nutzpflanzen sei genauestens niedergelegt, wie diese Behauchung zur Stimulierung sämtlicher Kleinsthärchen führen könne und dass aus diesen bereits von Dr. Blattmann als echt anerkannte Bonsaistämme hervorgegangen seien.

So klagten die Eltern, dass allen Beteiligten beinahe das Hören und am liebsten auch das Sehen vergangen wären. Meisterlich litten vor allem die Gärtner. Schuldzerfressen und entzaubert fühlten sie sich fremd im eigenen Garten, der doch eigentlich nur platter Acker war, ihre Gewächshäuser schienen ihnen zunächst unauffindbar, später dann zugig und verrottet. Was sollte hier auch gedeihen?

So also sammelten sie sich und suchten den Rat eines externen Experten, eines hochgelehrten Gartenbaumeisters, dessen Ruf sich bereits wellenförmig über Baumschulen und Wildpflanzen verbreitet hatte. Dieser erschien, nahm alles in Augenschein und nickte still und weise. Dann riet er ihnen mit der ihm eigenen unanfechtbaren Logik, dass sie sich wieder hinwenden sollten zu ihrem Element, zur Erde, zum Boden, denn dort, so sagte er, sei alles versammelt, das Leben, die Tiefe und alles Wichtige, sie würden schon sehen, ja, sie würden schon begreifen. So sprach er und ging.

Die Gärtner aber taten wie geheißen: Sie wandten sich ihrem Element, der Erde zu, sie ließen ihre Finger durch die Erde gleiten, erst langsam, dann, nach der ersten elementaren Verbindung, immer schneller; sie warfen die Erde in die Luft, zunächst nach oben, dann schräg hinter sich, zunächst mit den Händen, dann mit Löffeln, später mit Schaufeln, auch Schöppen oder Schippen genannt. Und siehe da, nachdem sie eine unbestimmt lange, also vermutlich ziemlich lange Zeit ihr Element, das Erdreich, durchdrungen hatten, waren Gräben ausgehoben, teilweise tiefe Gräben, deren feucht-schwarze Wände Schutz, Halt und Wärme boten und die sich herrlich durchwandern ließen, Arm in Arm mit den Eltern. Und da sahen sie es, alle miteinander: Die einst kümmerlich wirkende Pflanze war nun groß und stark, die zuvor scheinbar kraftlos hängenden Blätter zeigten eigentlich einen rhythmischen Bogen, ihre endlich sichtbaren Unterseiten glitzerten, und – die ganze Pflanze überragte sie um Armeslänge. Sie sahen und begriffen: Es war im Grunde alles ganz einfach - eben einfach alles eine Frage der Perspektive.

Besuch von Frau Z.

Eines Abends klingelte es an meiner Tür. Meine Besucherin stellte sich als Frau Z. vor. „Z wie Zauber?", fragte ich. „Nein, nein", dabei hob sie abwehrend die Hände, „Z wie Zeit. Und Sie sind Herr F wie Fenster?" „Aber ich bitte Sie, das ist mein Nachbar. Ich bin Herr F wie Frei." „Aha", meinte sie und glitt mit prüfendem Blick an mir vorbei in die Wohnung. „Suchen Sie etwas?", keuchte ich hinter ihr her, kaum in der Lage, ihrem Tempo zu folgen. „Besitzen Sie Totschläger oder anderes, was mir gefährlich werden könnte?" Dabei musterte sie – kritisch? – ich konnte es nicht genau sehen – meine Spielesammlung, neben der sich zahlreiche Rätsel- und Sudoku-Hefte stapelten, seit meiner Pensionierung treue Begleiter an langen Winterabenden. „Gott bewahre, was soll ich denn damit?", wehrte ich ab.

„Nun, gut", meinte Frau Z. mit undurchdringlicher Miene. „Möchten Sie mich nicht

auf eine Tasse Tee einladen?" „Selbstverständlich! Wie ungeschickt von mir", stam-
melte ich verlegen, und während ich die Tas-
sen auf den Tisch stellte und den Wasserko-
cher betätigte, stellte ich fest, dass alles an
der Dame kostbar war: der Schimmer ihrer
wie von zarter Brise sich kräuselnden Locken,
der tiefe Blick ihrer Augen, die unablässig
die Farbe zu ändern schienen, die Nase mit
den etwas asymmetrisch geformten beben-
den Flügeln, die beweglichen Lippen, die sehr
gesund wirkende weiße, ebenmäßige Zähne
sehen ließen, die Kleidung aus feinstem
Stoff, keiner Mode unterworfen, und ich
fragte mich, womit ich ihren Besuch verdient
hatte.

Geplagt von derlei Unsicherheit gelang es
mir nicht, ein zartes Band leichter und doch
geistreicher Unterhaltung zwischen uns zu
knüpfen. Schwerfällig, beinahe hölzern reih-
ten sich die Sätze wie zähe Knüppel hintereinander, so dass mein Gegenüber mit zunehmend missmutiger Miene fragte: „Wollen Sie

mich vertreiben?" „Gott bewahre", wiederholte ich mich, „aber können Sie nicht mal einen Moment stillsitzen? Sie machen mich ganz nervös mit Ihrer permanenten Rumzappelei." „Das wollen Sie nicht wirklich", hauchte die Dame und verschwand, und bis heute weiß ich nicht, ob ich das alles nur geträumt habe.

Zufällig?

Als ich Mitte 20 war, ging es mit meiner Tante Liesbeth zu Ende.

Tante Liesbeth, auch Lilli genannt, war nicht im üblichen Sinne mit mir verwandt, also weder die Schwester meiner Mutter noch meines Vaters, verfügte jedoch in reichem Maße über die Merkmale einer liebevollen Tante. Dass sie mich nach meinem Abitur zu einem Urlaub in die Schweiz eingeladen hatte, schien mir – einem etwas verwöhnten jungen Mädchen, frei von finanziellen Sorgen – damals nicht weiter erwähnenswert. Ihre gelassene, liebevolle, zugleich aber unaufdringliche, respektvolle Art beeindruckte mich jedoch nachhaltig. Tante Liesbeth hatte ihr Leben als Angestellte in der Konditorei meines Großvaters und später meines Onkels verbracht und war Teil der Familie geworden. Somit trafen wir uns regelmäßig bei den Familienfeiern, die häufig in dem Café meines Onkels stattfanden.

Wir konnten über alles Wichtige reden. Als ich mit 22 noch nicht verlobt war, geschweige denn verheiratet, machte Tante Liesbeth sich Sorgen. Bei einer dieser Feiern nahm sie mich zur Seite: „Aber einen Freund hast du doch, oder?" Ich nickte stumm, ich hatte den Mund voller köstlicher Käsesahnetorte. „Ich meine, einen festen." „Ja natürlich" - inzwischen hatte ich den Mund wieder frei - „einen festen, seit zwei Monaten schon, und er wird wohl bei uns einziehen, wenn die anderen aus der WG nichts dagegen haben."

Das schien nicht die Antwort gewesen zu sein, die sich meine Tante gewünscht hatte. Sie ersparte uns jedoch die leidige Diskussion über die Bedeutung der Kernfamilie mit geordneten Verhältnissen. Wahrscheinlich dachte sie, dass sich das alles schon in ihrem Sinne regeln würde, mit der Zeit, die sich großzügig vor mir ausbreitete.

Drei Jahre später besuchte ich sie im Krankenhaus Bethanien. Sie war fröhlich wie immer: „Es kann sein, dass ich bald sterbe", sagte sie und nahm meine Hand. „Erst hatte ich Angst, aber dann habe ich mit der Gemeindeschwester gebetet, und jetzt geht es mir gut. Ich bin ganz ruhig." Das half auch mir über den ersten Schock hinweg. Und so konnte ich sie bitten: „Wenn du gestorben bist, dann gib mir ein Zeichen. Irgendetwas. Ich bin nämlich leider nicht fromm. Ich wäre aber sehr froh, wenn ich wüsste, dass wir nach dem Tod noch Zeichen geben können. Das würde mich ungemein beruhigen." Meine Tante versprach's. Drei Tage später starb sie.

Danach habe ich jahrzehntelang Begebenheiten und Erlebnisse aller Art daraufhin überprüft, ob es sich möglicherweise um Zeichen von der anderen Seite handeln könnte. Nichts von allem zeigte auch nur Ansätze, bis zum 24. Dezember des Jahres 2017.

Es ging um Geschenkpapier, weihnachtliches Geschenkpapier für ein recht spät und möglicherweise lieblos ergattertes Geschenk, dessen schöne Verpackung diesem weihnachtlichen Notnagel eine angemessene Position in der Weihnachtszeremonie verschaffen sollte. Jedoch – der übliche Platz für das Geschenkpapier hinter dem Bücherschrank war leer. Da kam mir die Sattelkammer in den Sinn. Hatte ich dort nicht vor einigen Jahren grün-rot gemustertes Weihnachtspapier gesehen?

Dieser als Sattelkammer bezeichnete, 28 qm große Raum befindet sich im Stallgebäude, neben dem Heuboden, erreichbar über eine sehr steile Treppe mit extrem schmalen Stufen. Ich habe ihn gemeinsam mit meinem Mann vor 12 Jahren liebevoll hergerichtet. Es sollte ein Ort zum Träumen sein, den man nicht dringend brauchte, sich aber gönnen durfte: mit einem Bullerofen in der Ecke, zwei schwarzen alten Ledersesseln links und rechts davon, die zum Reinfläzen einladen, einem ausziehbaren, ca. 100 Jahre alten Buchenholztisch in der Mitte mit fein gedrechselten Beinen, umstanden von gemütlichen Stühlen unterschiedlicher Herkunft, mit alten Schränken und Regalen an den Wänden und einer Gipsfigur der heiligen Maria mit dem Kinde, in deren Krone ein Zacken fehlt. Die meisten Einrichtungsgegenstände sind alt, viele stammen aus dem Haushalt meiner verstorbenen Eltern. Natürlich gibt es auch die namengebenden Sättel: Sie liegen hintereinander über einem breiten, runden Holzbalken an der Stirnseite der Kammer neben Pferdecken, Halftern und anderen dem Pferdesport dienlichen Utensilien und fallen dem Betrachter als Erstes ins Auge.

Trotz seiner zwanglos gemütlichen Atmosphäre wird der Raum selten genutzt, möglicherweise hindert die steile Treppe, möglicherweise lässt sich auch an anderen Orten gut träumen, vielleicht wird aber auch inzwischen weniger geträumt. Und so segelt die Sattelkammer durch die Jahre, hin und wieder mit leisem Fluchen von Staub und Spinnweben befreit.

Diese Kammer teilt das Schicksal vieler Räume dieser Art. Manchmal wird dort etwas aufbewahrt, von dem wir uns nicht so einfach trennen möchten und was wir dann nach und nach vergessen, eben weil wir es nicht mehr brauchen. Oder, sehr selten, benötigen wir es doch, wie ich an jenem 24. Dezember 2017 das grün-rot gemusterte Weihnachtspapier.

Ich erinnerte mich dunkel, es musste in dem Kirschholzschrank sein, dessen obere Tür inzwischen je nach Witterung klemmte. Aber dieses Mal hatte ich Glück: Die obere Tür ließ sich leicht öffnen, und das Weihnachtspapier lag an Ort und Stelle. Ob sich auch die mittlere Schublade so leicht öffnen ließ? Tatsächlich, mit leichtem Ruckeln ließ sie sich herausziehen.

Nein, in diesem unübersichtlichen Getümmel von Briefumschlägen, Trauer- und Glückwunschkarten, teil beschriftet, teils noch unbeschrieben, ließ sich sicher nichts Wichtiges finden. Geistesabwesend durchwühlte ich den Stapel, während meine Gedanken bereits wieder um die Gestaltung der Weihnachtsfeier kreisten.

Da, was war das, zwischen den Trauerkarten? Ein Brief ohne Absender, noch ungeöffnet, mit ins Hellblaue verblasster Schrift, soeben noch lesbar, an Fräulein Eva Meier adressiert, mein Mädchenname. Von wem mochte der Brief sein? Vielleicht von einem verflossenen Verehrer? Und wie, um Himmels Willen, war er zwischen die Trauerkarten geraten?

Mit fliegenden Fingern öffnete ich den Brief und staunte: Er stammte von meiner verstorbenen Tante Liesbeth. Sie gratulierte mir zu meinem 23. Geburtstag und entschuldigte sich dafür, dass sie mir die Glückwünsche nicht persönlich überbringen könnte, da sie gerade in der Schweiz unterwegs sei. Sie riet mir, das Geschenk gleich einzutauschen. Das Geschenk?

Da war noch etwas, innen im Briefumschlag, ein schmales Tütchen aus Silberpapier, was sich aber nicht entfernen ließ, offensichtlich war es festgeklebt. Vorsichtig entfernte ich den Klebestreifen im Inneren des mir nun sehr kostbaren Umschlags. Das Tütchen enthielt eine Schweizer Banknote, einen fest zusammengepressten Fünfziger.

Damit hatte ich nicht gerechnet, an jenem 24. Dezember 2017.

Die Banknote hätte übrigens wenig später ihre Gültigkeit verloren.

Das schwache und
das starke Geschlecht

Der Heilige Abend

„Sie hat mich Heiligabend eingeladen, alle waren da, ihre Schwestern, deren Freundinnen, eine hatte ihre Kinder dabei. Auch ihr Vater war da. Und dann hat sie mir einen Platz ganz hinten am Tisch zugewiesen, und sie hat sich ganz nach vorne gesetzt, obwohl ganz viele Stühle dazwischen frei waren, und dann habe ich sie angelächelt und sie hat ganz kurz, das habe ich genau gesehen, etwas verunsichert geguckt, und dann hat sie mich ganz erkaltet angeschaut. Den ganzen Abend hat sie eigentlich gar kein Wort mit mir gesprochen, sie hat mir sogar ziemlich oft den Rücken zugewandt. Später ist dann so einer - ja, ich weiß nicht - irgendwie Kleiner und Dicklicher mit einer Sauerkrautfrisur, so ein Hannes gekommen, na ja, du weißt schon, diese kleinen Vertraulichkeiten, Küsschen hier und Küsschen da, aber mir hat das nichts ausgemacht, ich habe es alles an mir abgleiten lassen."

Die Wette

„Weißt du", klagte er, „sie hat die ganze Zeit gesagt, sie wüsste es noch nicht. Sie weiß, was ich für sie empfinde. Wir haben häufiger darüber gesprochen. Aber sie hat nie ganz klar „Nein" gesagt, sie hat immer „Vielleicht" gesagt, sie könnte es einfach noch nicht sagen, immer wenn ich sie gefragt habe, diese ganze lange Zeit über, hat sie gesagt, sie wüsste es noch nicht. Guck mal, diese Neujahrskarte hier, die wollte ich ihr eigentlich schicken, die mit den Jahresringen, und das hatte ich schon draufgeschrieben, schau mal, aber dann habe ich sie doch nicht losgeschickt, nach diesem Heiligen Abend, und ich habe mir gedacht: Was für ein verlorenes Jahr war das, ihretwegen."

„Jetzt weißt du aber Bescheid", meinte sie.

„Ja klar", sagte er, wobei er die Karte sorgsam auf ihren Platz in der Vitrine zurückstellte, „ich habe mir auch schon genau überlegt, was ich machen werde, wenn sie wieder anruft. Das könnte nämlich sein, denn sie wird das immer so weitermachen. Vielleicht ruft sie auch nicht an, das kann natürlich auch sein, aber ich glaube, sie wird wieder anrufen, und wenn sie dann anruft, dann werde ich ganz freundlich sein und ich werde ihr sagen, dass ich gerade Besuch habe, und dann werde ich mich einfach nicht mehr melden."

„Und wenn sie dann noch mal anruft?", fragte sie.

„Das wird sie nicht", entgegnete er mit Bestimmtheit, „dazu ist sie zu stolz, obwohl, eigentlich weiß ich gar nicht, worauf."

„Ich glaube nicht, dass du das schaffst", behauptete sie. „Vielleicht wirst du sie nach ihrem Anruf zwei oder möglicherweise sogar drei Tage warten lassen, du wirst versuchen, es hinauszuzögern, und in dieser Zeit wirst du ziemlich gute Laune haben, aber dann wirst du sie anrufen. Das weiß ich genau."

„Nein", widersprach er, „das werde ich nicht."

„Doch", beharrte sie, „das wirst du, ganz bestimmt."

„Hör auf damit", ärgerte er sich, „du kannst einem wirklich die Laune verderben."

„In Ordnung", lenkte sie ein, „wir können ja wetten."

„Von mir aus", sagte er gelangweilt. „Worum denn?"

Sie schlug eine Flasche Champagner vor, was er akzeptierte, aber nach kurzem Überlegen, falls die Wette zu seinen Gunsten ausginge, wovon er überzeugt sei, in einen Kasten Paulaner umwandelte, was sie im Übrigen auch billiger käme. Sie einigten sich darauf, dass die Wette dann zu seinen Gunsten auslaufen würde, wenn er sich einen Monat nach erfolgtem Anruf nicht gemeldet hätte. Unerwartete Treffen mit ihr wurden ausgeklammert.

„Woher weißt du eigentlich, ob ich dir die Wahrheit sage?", fragte er nach einer Weile. Vielleicht werde ich dich ja auch anlügen und erzähle dir einfach, dass sie angerufen hätte und ich mich dann nicht wieder bei ihr gemeldet hätte."

„Nein", erwiderte sie mit fester Stimme, „ich vertraue dir."

„Tatsächlich?", fragte er und wandte sich ihr zu.

„Da bin ich ganz sicher", antwortete sie und blickte ihn an.

„Sag mal", fragte sie nach einer kleinen Weile, kannst du dir vorstellen, einfach nur mit ihr befreundet zu sein?"

„Ja klar", antwortete er, „dann wüsste ich, wo ich dran wäre, und müsste mir keine Hoffnungen mehr machen. Dann wäre ich eben mit ihr befreundet, man könnte hin und wieder etwas zusammen unternehmen, aber ich würde bestimmt nicht mehr so viel Energie darauf verschwenden."

„Einfach so?", fragte sie.

„Ja, einfach so", meinte er. „Das ist doch ganz leicht."

Die Nikolausfeier

Figuren:

Sie
ein bewährter Bekannter
Er
die Angebetete
seine ehemalige Freundin
ihr Ehemann
dessen Arbeitskollege, der sich mit
Schlangen auskennt
die Freundin des Arbeitskollegen

Ihren Vorschlag, gemeinsam in einem Auto zu der Nikolausfeier seiner ehemaligen Freundin zu fahren, lehnte **er** ab. „Sei mir bitte nicht böse", sagte **er**, „das ist eigentlich eine gute Idee, und man könnte ja auch Benzin sparen und sich ja auch ganz nett unterhalten, aber ich möchte lieber alleine fahren."

„Gut", sagte **sie**.

Sie trafen beinahe gleichzeitig dort ein, **er** ganz kurz nach **ihr**, und fanden mit ihren Autos gerade noch Platz auf dem als Parkplatz genutzten Hinterhof, eingewiesen durch den Ehemann der ehemaligen Freundin.

Die Feier wurde in der Kanzlei der ehemaligen Freundin ausgerichtet, welche im Erdgeschoss des Hinterhauses gelegen war und aus einem großzügigen, mit bunten Farben und modernen Möbeln gestalteten Raum und zwei kleinen Zimmern bestand, die von diesem Raum aus über zwei aufwärts führende Stufen zu erreichen waren und weniger der Repräsentation, als vielmehr der Lagerung notwendiger Materialien und ausrangierter Möbel dienten.

Sie gehörten zu den ersten Gästen. Nach freundlicher Begrüßung durch die ehemalige Freundin, Küsschen links, Küsschen rechts, meinte diese zur **ihr**: „Schade, dass du heute nicht wieder diese schwarzen Sachen mit dem Pelzkragen angezogen hast. Die haben dir nämlich besonders gut gestanden." Dabei reichte sie **ihr** eines der mit Sekt gefüllten schmalen Gläser, die in korrekter Reihung auf dem vorderen der beiden metallgefassten rechteckigen Glastische für die Begrüßung bereitstanden.

Der hintere Tisch bot für das geplante Schrottwichteln viel freien Raum und war längsseitig mit dem vorderen zu einer großen quadratischen Tischfläche verbunden.

Nach einigen im Stehen ausgetauschten Freundlichkeiten forderte die ehemalige Freundin ihre Gäste auf, sich einen Platz zu suchen.

Sie wählte einen Platz in der Mitte der unverstellten Längsseite des hinteren Tisches, mit freien Plätzen rechts und links und einem guten Überblick über die gesamte Szenerie: über beide Tische, über die nach und nach weiter eintreffenden Gäste und über den Teil des angrenzenden Hinterzimmers, in dem das kalte Buffet im Stil der 60er Jahre arrangiert war, Spießchen mit Käse und Weintrauben, Nudelsalat mit Bockwürstchen und kleine Frikadellen.

Er hatte zunächst auf einem der Stühle an der Wand gegenüber Platz genommen, in unbestimmter Art und Weise zu zwei Plätzen an der Peripherie ihres linken Gesichtskreises orientiert, wo die Tische sich berührten.

Nach mehrfachen Aufforderungen, dass sich doch nun alle zu Tisch begeben sollten, rückte **er** näher an den Tisch heran, wobei **er** sorgfältig darauf achtete, dass ein Platz neben **ihm** frei blieb.

Eine halbe Stunde später traf die Angebetete ein.

Aus dem Augenwinkel nahm **sie** die schnelle Drehung **seines** Kopfes wahr, mit der **er** die Kontrolle über **ihre** Reaktion verriet, und es fiel **ihr** wunderbar leicht, ganz gerade und ruhig auf ihrem Stuhl zu verweilen, und als die Angebetete **sie** freundlich begrüßte, musste **sie** nur den Mund aufmachen und ein gutgelauntes, unternehmungslustiges „Hi Bella" entströmte **ihrer** Kehle.

Die Angebetete setzte sich auf den freien Platz neben **ihm**, so dass die beiden nun zwar an verschiedenen Tischen, aber doch nebeneinandersaßen.

Sie führte **ihr** Gespräch mit einem rechts neben **ihr** sitzenden Bekannten weiter, der sich bei dieser Art von Treffen stets bewährt hatte.

Nachdem sich alle am kalten Buffet gestärkt hatten und die Plätze wieder eingenommen werden sollten, stellte sich heraus, dass durch inzwischen eingetroffene Gäste mehr Plätze an den Tischen geschaffen werden mussten. Die Gastgeberin wies ihren

Ehemann und einen Freund an, den vorderen Tisch um 90 Grad zu drehen und mit seiner Schmalseite mittig vor die lange Seite des hinteren zu stellen, so dass eine T-Form entstand, die den Gästen insgesamt mehr Platz bot, aber auch eine Veränderung der Sitzordnung mit sich brachte, so dass **er** nun mit der Angebeteten im Winkel der T-Form zu sitzen kam, was zunächst dazu führte, dass beide, an verschiedenen Tischen sitzend, sich halb den Rücken zuwandten, da **er** neben ihr keinen Platz mehr fand und sie das Gespräch mit ihrem Nachbarn zur Linken suchte. **Er** ordnete sich der Konversation zu, die an der Stirnseite des hinteren Tisches stattfand. Hin und wieder warf die Angebetete **ihm** kurze Bemerkungen zu, welche **er** stets aufgriff und, sich von hinten über sie beugend, zurückgab. Dabei drehte **er seinen** Stuhl, so dass **er** halbschräg hinter der Angebeteten saß, während diese den Kopf leicht zur Seite neigte.

Als die Auswürfelung der mitgebrachten Geschenke erfolgte, entspannte sich die Lage, da alle in den Winkeln Sitzenden nach hinten rückten und **er** auf diese Weise wieder ganz wie von selbst neben der Angebeteten sitzen und sich nun einer heiteren Plänkelei hingeben konnte.

Jeder der Gäste hatte für das Schrottwichteln drei Geschenke mitgebracht, die zu Beginn des Spiels auf die Tische gelegt wurden. Es sollte sich dabei jeweils um etwas Schönes, etwas Hässliches und etwas Nützliches handeln.

Sie hatte ihre Geschenke in einem Intim-Shop erworben: 10 Pariser, einfache Ausführung, ein Feuerzeug in der Form eines Frauenkörpers und einen Pariser, der mit den tentakelförmigen Ausbuchtungen auf seiner Kuppe an eine Qualle erinnerte. Alle drei Geschenke hatte sie nur flüchtig in Silberfolie gehüllt, so dass diese im Vergleich zu den anderen Präsenten nach einer erfolgreich gewürfelten Sechs zunächst bei den Gästen keine Begehrlichkeiten weckten. Da gab es Größeres und bunt Verpacktes, das sich dann später als kleiner lila Plastiktannenbaum mit lila Kügelchen dran, als ein Sechserpack Fanta Dosen und ein Kopfhörer in Originalverpackung entpuppte. Der Tannenbaum und der Kopfhörer wurden von der ehemaligen Freundin beglückt ausgepackt und dem Hausstand zugeführt.

Abgeschreckt von dem Ergebnis ihrer ersten Wahl, einem groben Salatgeschirr mit gerundeten dunkelbraunen Holzgriffen, wählte **sie** nach der zweiten Sechs ein kleines Päckchen in schlichter Verpackung, welches ein spärlich bekleidetes, langbeiniges, wohlgerundetes Plastikpüppchen enthielt, das einen überproportional großen Fotoapparat an sein blondes Köpfchen drückte. „Das passt zu dir", meinte die Angebetete anerkennend, und **sie** fragte sich, womit **sie** das verdient hatte.

Die Angebetete selbst, vom Glück im Spiel nicht begünstigt, griff nach ihrer ersten

Sechs zu einem der drei kleinen Silberpäckchen. „Was mag das sein?", fragte die Angebetete ihn, während sie ihren Zeigefinger unter die kleinen Tentakel schob, wobei beider Gesichter angestrengtes Nachdenken verrieten. „Ach, ein Pariser", stellte die Angebetete fest, diesen etwas in die Länge ziehend. „Schade", grinste er, „dass man den nicht gleich hier ausprobieren kann." Vorsichtig packte das Paar ihn wieder ein.

In der zweiten Runde, in der man sich die inzwischen vollständig verteilten Geschenke mit Hilfe einer zu würfelnden Drei wieder abluchsen konnte, gehörten der Pariser und die kleine Fotografin zu den Favoriten. Der Pariser gelangte an die ehemalige Freundin und die kleine Fotografin an ihren Ehemann. Beide verbargen ihre Beute sogleich hinter einem größeren Stapel anderer Geschenke.

Kurz vor 24 Uhr, dem vorab festgesetzten zeitlichen Ende des Spiels, würfelte **sie** zweimal hintereinander eine Drei.

„Gib mir den Pariser!", verlangte **sie** mit erhobener Stimme unmissverständlich von der ehemaligen Freundin, die ganz am Ende des quergestellten Tisches saß, und erhob sich dabei von ihrem Stuhl. Nach leichtem Zögern reichte ihr die ehemalige Freundin leicht grinsend das Gewünschte, wobei beide sich weit über die Tafel beugen mussten. „Und jetzt her mit der kleinen Fotografin!", forderte sie vom Ehemann nach der zweiten Drei, der ihr bedauernd das kleine Püppchen überließ.

Damit war das Spiel beendet.

Der vorgerückten Stunde wegen verabschiedeten sich sogleich die Kinder mit sich führenden Paare, und auch die meisten anderen Gäste, fast alles Pärchen, verließen nach und nach die Feier.

Schließlich waren nur noch wenige Gäste übriggeblieben, die weit verstreut um die große Tafel saßen: **er** mit der Angebeteten, vor Kopf des hinteren Tisches in ein Gespräch mit einem Arbeitskollegen des Ehemanns vertieft, **sie** auf der gegenüberliegenden Seite des Tisches mit dem Ehemann der ehemaligen Freundin die Konversation führend und diese auf ihrem angestammten Platz an der Stirnseite des quer gestellten Tisches im leichten Geplauder mit der Freundin des Arbeitskollegen.

Die gegenübersitzende Dreiergruppe nahm **sie**, leicht getrübt durch einen großen mit geschliffenen Glassteinen behängten Kerzenleuchter wahr. Die Köpfe des Paares waren im Halbprofil dem Arbeitskollegen zugeneigt, der, **ihr** seinen Rücken zuwendend, sein Wissen über Schlangen vor den beiden ausbreitete. Beider Köpfe schienen einen einheitlichen Rhythmus gefunden zu haben, in stets paralleler Ausrichtung neigten sie sich mal dem Schlangenkundigen, mal der beiden etwas zurufenden ehemaligen Freundin zu, wobei ein großer Stern aus Silberfolie auf **seiner** Stirn bei jeder Bewegung im Licht der Kerzen schimmerte, welche von leichtem Windzug bewegt, ins Flackern geraten waren.

Die geschliffenen Glassteine des Leuchters bewegten sich spielerisch und berührten einander mit zartem Klingen, in das sich ein leises Rasseln mischte. Sie sah, wie **er** zu Boden glitt, um weitere Silberfoliensterne aufzulesen, und bevor **er** sie alle auf dem Tisch vor seiner Angebeteten ausbreiten konnte, schwebte **sie** bereits durch den Ausgang der Stratosphäre entgegen.

Inliner

An einem trockenen Tag im April überließ er ihr die Inliner seiner ehemaligen Freundin.

„Sie hat sie dagelassen", sagte er. „Sie haben ihr von Anfang an gar nicht richtig gefallen. Wenn du willst, kannst du sie haben. Was hast du denn für eine Größe?"

„Größe 39", erwiderte sie.

„Nun gut, dann sollten sie passen. Also, wenn du sie willst, kannst du sie haben. Sonst kommen sie weg."

„Ich nehme sie", entschied sie, „und ich werde sie gleich mal ausprobieren. Ist das denn schwer?"

„Für mich nicht", antwortete er. „Ich konnte es sofort. Übrigens bin ich auch noch nie hingefallen. Ich zeig dir mal, wie es geht." Dabei setzte er sich auf die kleine Holzbank in seinem schmalen Hausflur, die normalerweise als Ablage für die Hundeleine diente. Sie schaute ihm zu, die Inliner der ehemaligen Freundin und deren Knie- und Handgelenksschützer neben sich, an den Türrahmen der gegenüberliegenden Küchentür gelehnt, während er, fachkundige Kommentare verbreitend, seine eigenen Inliner sorgfältig verschnallte.

Als sie wenig später, mit der Rechten den Türgriff umklammernd, auf den kleinen Rollen vor der Eingangstür stand und ihm zusah, wunderte sie sich, wie es möglich war, so mühelos das Verbundsteinpflaster, das vielen kleinen hartfaserigen Grashälmchen Zwischenraum bot, zu überqueren.

„Um die musst du dich nicht kümmern, da fährst du einfach so drüber", erklärte er. Später half er ihr zum Auto, das sie mit den Inlinern erreichen wollte, wobei er ihren Ellbogen stützte, während sie mühsam Halt an den Grashälmchen suchte.

Nachdem sie eine Weile geübt hatte, erst auf einem großen Parkplatz mit einer kaum merklichen Neigung, die nach einer ruhigen Abwärtsfahrt mit etwas steif nach außen gestellten Rollen ein sicheres Auslaufen garantierte, und dann auf einigen kaum befahrenen, vorwiegend dem landwirtschaftlichen Verkehr dienenden Nebenstraßen, schlug sie ihm eine gemeinsame Fahrt an einem nahegelegenen See vor. Dort könnte sie dann ihre neuen Inliner „einfahren".

Nach einigem Zögern stimmte er zu: „Warum auch nicht? Wir werden ja wohl mit deinem Auto fahren, dann kostet es mich auch nichts. Nur schade, dass der Hund nicht mitkommen kann. Besser wäre es natürlich an einem Wochentag, jetzt wird da die Hölle los sein."

Sie hatte den Sonntag vorgeschlagen, weil sie wusste, dass er sonntags normalerweise nicht arbeitete.

„Wir könnten auch am Montagmorgen fahren", überlegte sie, „da habe ich nämlich immer frei. Und du als Selbstständiger kannst dir das doch ganz problemlos einteilen. Dann arbeitest du eben mal am Sonntagmorgen und machst dafür den Montag frei."

Das lehnte er ab. Er brauche seinen Arbeitsrhythmus, wie andere auch, und dazu gehöre es, an den fünf Werktagen ganztägig zu arbeiten, oft auch bis in den Samstagnachmittag hinein, und am Sonntag könne er sich dann den ganzen Tag ausruhen - irgendwann müsse er das ja auch mal machen - und dann am Sonntagnachmittag etwas Schönes unternehmen. Sie als Angestellte in einem festen Arbeitsverhältnis könne das sicherlich überhaupt nicht begreifen. Es blieb also beim Sonntagnachmittag.

Trotz des Trubels fanden sie einen Parkplatz in der Nähe der Absperrung, direkt hinter dem Eiswagen. Sein Angebot, das Einparken für sie zu übernehmen, lehnte sie ab. „Das kann ich schon selbst", stellte sie klar und setzte den Wagen ohne jedes Rangieren rückwärts in die großzügig bemessene Lücke.

Hinter der Absperrung verlief der asphaltierte Weg ohne nennenswertes Gefälle parallel zum östlichen Ufer des Sees am Fuße eines bewaldeten Hügels entlang.

Hin und wieder ganz gerade, dann auch wieder leicht kurvig, ermöglichte er an einigen Stellen den freien Blick auf die Wasserfläche und die dort Abkühlung Suchenden.

Seiner reizvollen Lage und seiner glatten Oberfläche wegen lockte er vor allem am Wochenende zahlreiche Besucher an, die auf Rollen und Rädern aller Art sich ganz dem mühelosen Gleiten hingeben wollten.

Sie schaffte die Strecke ohne Sturz; mit geraden, kurzen, etwas auswärts gerichteten Bewegungen kam sie irgendwie voran. Dabei hielt sie sich ganz rechts, um Kollisionen zu vermeiden und sich notfalls auf dem Waldboden in Sicherheit bringen zu können. Viele strömten ihr entgegen, teilweise in erstaunlichem Tempo, ganze Pulks schneidiger Jünglinge brachen mit konzentrierten Mienen jeden Rekord, gemischte Gruppen überholten sich mit fröhlichem Gelächter pärchenweise, wobei die Herren die Damen mit leichtem

Druck auf die Hüften vor sich herschoben, einzelne Paare, sich an den Händen haltend, glitten an ihr vorbei, gefolgt von etwas langsamer, aber doch zügig dahinrollenden Familien.

Er hielt sich nicht lange neben ihr auf. „Du musst dich mit dem Standbein stärker abstoßen, sonst kommst du nicht ins Rollen. Und du solltest dringend lockerer in der Hüfte sein, so geht das nicht", stellte er fest, während sie gerade von zwei Mädchen und einer jungen Frau überholt wurden, die ihr kleines Kind hinter sich herzog. „Außerdem musst du, falls du jemals schneller werden solltest, auch mal bremsen lernen. Bremsen, das ist sowieso am wichtigsten."

Dann löste er sich von ihr, kreuzte, Tempo aufnehmend, mit langen, schwungvollen Bögen mehrfach die Fahrbahn, drehte sich in einiger Entfernung um 180 Grad, um in gleicher Weise, aber deutlich langsamer, wieder auf sie zuzugleiten und seine Geschwindigkeit in weiten Kreisen immer deutlicher zu reduzieren, bis er sich mit einer kleinen Pirouette neben ihr drehte. Danach entfernte er sich aufs Neue und war schnell hinter der nächsten Biegung verschwunden.

„Es kann auch an den kleinen Rollen liegen, damit bist du nämlich viel langsamer, was natürlich von Vorteil ist, solange du nicht bremsen kannst", überlegte er auf der Rückfahrt, mit nachdenklicher Miene eine Pommes verzehrend. „Ja, vielleicht liegt es einfach nur an den kleinen Rollen."

Zwei Wochen später kaufte sie sich neue Inliner mit großen Rollen und einer Spezialbremse. Letztere trat in Kraft, wenn man mit gestrecktem Bein das Gesäß etwas nach hinten verlagerte, den Oberkörper nach vorn neigte und im Notfall die Hände auf das rechte Knie drückte. Durch den Druck des Beines nach hinten wurde eine Metallschiene am hinteren Rand der Inliner aktiviert, die auf diese Weise die Bremse, einen Gummistöpsel, nach unten drückte. Das alles hatte ihr der Verkäufer genau erklärt, allerdings unter erschwerten Bedingungen. Er hatte nämlich seine Autorität mühsam gegen einen anderen Kunden durchsetzen müssen, der, seinerseits auf der Suche nach Gesäßschützern unterwegs, ihr in Fragen bezüglich der korrekten Passform hatte fachkundig und detailliert Auskunft geben wollen.

Die neuen Inliner probierte sie mit ihm zusammen aus, auf einspurigen, fast menschenleeren Nebenstraßen, die vollkommen eben an überschaubaren Parzellen entlangführten, vorbei an stacheldrahtbewehrten Weiden, an Raps- und Getreidefeldern, letztere mit leuchtend roten Punkten im hellen Grün, an kleineren Gehöften und an spärlichen Waldbeständen. Diese Sträßchen boten zwar keine vollkommen glatte Oberfläche, dafür waren sie jedoch von ihm aus ganz bequem fußläufig zu erreichen. Von seiner kiesigen, buckligen, auch mit den neuen Inlinern für sie nur schwer passierbaren Zufahrt aus mussten sie nur nach links abbiegen, und schon konnte es losgehen, dieses Mal mit Hund. Sein Vorschlag, sie solle sich doch mal von dem Hund an der Leine in Fahrt bringen lassen, führte nur für ihn zu einem günstigen Resultat. Da der Hund, angefeuert von seinem zügig vorausfahrenden Herrn, in einen schnellen, flachen Galopp verfiel, musste sie, angestrengt um ihr Gleichgewicht kämpfend, die Leine fahren lassen, was ihn in fröhliches Gelächter ausbrechen ließ.

„Es scheint mit den neuen Inlinern ja wirklich etwas besser zu gehen", meinte er nach kurzer Zeit, wobei er in großzügigen Bögen neben ihr die Straße auf nahezu ganzer Breite nutzte. „Aber eins musst du grundsätzlich ändern: deine Körperhaltung, du bist einfach zu gerade und zu steif. Du musst in die Knie gehen und den Hintern rausstrecken."

„Das habe ich bei den anderen aber nicht gesehen", wandte sie ein.

„Doch", erwiderte er, „das ist wichtig. Glaub es mir, das solltest du dir gleich richtig angewöhnen. Und den Oberkörper beugst du dabei etwas nach vorne. Halbschräg vor ihr fahrend, demonstrierte er ihr das Gewünschte.

Etwas zögernd machte sie es nach, während er sich sein Urteil bildete: „Na ja, schon ein klein wenig besser. Du solltest das jetzt mal eine Weile üben." Und damit nahm er die Position hinter ihr ein. So rollten sie eine Weile dahin.

„Eine weitere gute Übung ist noch, möglichst lange auf nur einem Bein die Balance zu halten, d.h. erst so spät wie möglich auf das andere zu wechseln", schlug er nach einer Weile vor.

Diese Aufgabe fiel ihr leicht, und so glitt sie in langgezogenen gleichmäßigen Bögen dahin, immer nur auf einem Beine rollend, das andere leicht angewinkelt, mit pendelnden Armen, ohne sich von ihm, der mittlerweile wieder an ihr vorbeigezogen war, und seinen spielerischen Drehungen und Wendungen aus diesem Rhythmus bringen zu lassen.

„Das geht ja schon viel besser, doch, man bemerkt einen großen Unterschied", stellte er am Ende der ausgedehnten Fahrt fest, „aber weißt du, mir bringt es letztlich nichts. Ich muss mich dabei eben gar nicht anstrengen, und dann hat man ja nicht viel davon."

Die Fremdenergie

An einem Dienstagmittag, den Markus sonst immer mit Elsa verbracht hatte, fuhr er zu seinem guten Freund Wolfgang, wie er auch ein Mitglied der örtlichen Männergruppe. Vor vielen Jahren hatten sie sich dort während eines Seminars für Beziehungsdynamik, Körperarbeit und Achtsamkeit kennengelernt. Wolfgang hatte ihm außerdem einen Einblick in das Kochen nach den 5 Elementen vermittelt.

Bei Wolfgang fühlte er sich erfahrungsgemäß immer wohl, an dem kleinen hölzernen Küchentisch mit dem Blick auf die Felder einen Kaffee zu trinken oder in der blauen Couch versinkend die Wärme des Holzfeuers zu spüren, das tat ihm jedes Mal sehr gut.

„Wie geht es dir?", fragte Wolfgang, nachdem er seinem Gast zur Begrüßung beruhigend auf die Schulter geklopft hatte.

„Schlecht", antwortete Markus, „sehr schlecht, du weißt ja, Elsa ...".

„Du weinst ihr also immer noch nach. Das finde ich seltsam", meinte Wolfgang, „Ich kenne sie ja auch, diese Elsa. Das kann doch gar nicht möglich sein. Diese Frau ist doch viel zu langweilig. Das geht doch nicht mit rechten Dingen zu." Er machte eine Pause. „Sag mal, wer hat eigentlich vorher in deiner Wohnung gewohnt?"

Daraufhin erzählte Markus vom tragischen Schicksal des Vormieters. Dieser war von seiner Frau verlassen worden und hatte anschließend beim Renovieren der Wohnung einen Herzanfall erlitten. Er war erst eine Woche später gefunden worden, nachdem die Mieterin der Nachbarwohnung bemerkt hatte, dass sich die Zeitungen vor seiner Wohnung stapelten. Aus diesem Grund war Markus auch sehr günstig an die Wohnung gekommen.

„Aha", überlegte Wolfgang, „das erklärt so manches. Jetzt sieht die Sache schon ganz anders aus. Wenn ich mich recht erinnere, als ich dich besucht habe, im letzten August, habe ich mich zwar in deiner Wohnung recht wohl gefühlt, aber ich bin doch lieber nach draußen auf den Balkon gegangen. Das war mir sogar besonders wichtig. Ich glaube sogar, dass es mir draußen besser ging als drinnen."

„Ah ja", sagte Markus.

„Weißt du", fuhr Wolfgang fort und goss ihm von dem Kaffee nach, „wenn plötzlich jemand stirbt, kann es sein, dass seine Seele das so schnell nicht wahrnehmen kann und dass sie dann an diesem Ort bleibt, weil sie gar nicht begreift, dass sie dort nicht mehr hingehört."

„Und du meinst, dass diese Seele sich noch in meiner Wohnung aufhält?", fragte Markus.

„Ganz genau", erwiderte Wolfgang, „und dass diese Fremdenergie sich vielleicht an deine Energie angebunden hat und dich besetzt."

„Aber ich wohne doch schon seit 20 Jahren in meiner Wohnung. Wieso bemerke ich diese Fremdenergie denn jetzt erst?"

„Nun, wenn jemand eine starke Persönlichkeit hat, kann es sein, dass die Fremdenergie länger braucht, um in ihn einzudringen, dass sie erst nach und nach von ihm Besitz ergreifen kann. Und du bist doch ziemlich stark, oder?"

Des Abends nach Hause zurückgekehrt, telefonierte Markus noch einmal mit Wolfgang. Dieser hatte ihm angeboten, seiner Frau, die sich auf die Behandlung derartiger Probleme verstehe, die Sachlage zu schildern und sie um Rat zu fragen.

„Ich habe es ihr heute Abend beim Abendessen erzählt", berichtete Wolfgang, „und dabei hat sie es gespürt, sie ist sich aber nicht sicher."

„Was hat sie gespürt?", wollte Markus wissen.

„Nun, dass an deine Energie möglicherweise eine Fremdenergie angebunden ist. Lass dir von ihr einen Behandlungstermin geben. Ich glaube, in der nächsten Woche hat sie noch was frei."

Am nächsten Tag vereinbarte er mit Wolfgangs Frau einen Termin für den folgenden Dienstagnachmittag.

Am Montagmittag rief Elsa an. Er gab sich gutgelaunt und stellte fest, dass sie ganz erkältet klinge. Nach einigem Hin und Her kam Elsa zum eigentlichen Zweck ihres Anrufs: Eigentlich hätte sie sich so gedacht, dass er ja mal wieder vorbeikommen könnte, zum Plaudern, natürlich nur, wenn es ihm recht wäre und wenn er gerade nichts Besseres zu tun hätte, aber andererseits werde ihr nun bewusst, dass er vielleicht doch besser nicht käme, sie sei wirklich sehr krank, er könne sich tatsächlich sehr leicht anstecken, daran habe sie gar nicht gedacht, er habe es ihr aber durch seine zahlreichen bedauernden Kommentare bewusst gemacht. Er könne natürlich kommen, dann aber, das müsse sie ausdrücklich feststellen, auf eigene Gefahr.

Er legte den Termin auf den Dienstagabend.

Am Dienstag rasierte er sich besonders gründlich, benutzte das zuvor erworbene hochpreisige After Shave von Joop „What about Adam", zog sein bestes Hemd an und meldete sich anschließend zur Behandlung bei Wolfgangs Frau Margret, die neben ihrer physiotherapeutischen Ausbildung auch über schamanische Fähigkeiten verfügte.

Die Sitzung fand pünktlich statt. Margret führte ihn in einen funktional und doch gemütlich eingerichteten Behandlungsraum mit einer großen, blauen Doppelliege. Zunächst saßen sie sich gegenüber, Margret auf einem Stuhl, er auf dem Rand der Liege.

„Was fehlt dir?", fragte Margret.

„Ach, sicherlich hat Wolfgang dir das schon erzählt, das mit Elsa. Das ist nun schon ein halbes Jahr her, und ich komme immer noch nicht wieder auf die Beine. Seit einem halben Jahr immer dasselbe, es zieht sich und zieht sich, und ich komm nicht drüber weg."

„Leg dich hin", sagte Margret, „auf den Rücken. Die Schuhe kannst du ruhig anlassen."

Markus rutschte auf die linke Seite der Liege, an die Margret herangetreten war, und lag nun ganz ruhig da, mit sich an den Fersen fast berührenden, etwas nach außen gedrehten Füßen und neben dem Körper liegenden, leicht angewinkelten Armen.

„Ich versuche jetzt herauszufinden, wo dieses Gefühl in deinem Körper sitzt und ob es etwas mit dir oder mit einer anderen Energie zu tun hat."

Dabei legte sie ihre rechte Hand mit ganz leichtem Druck unter seinen rechten unteren Rippenbogen.

„Sitzt es hier?", fragte sie nach einer Weile.

„Ja", antwortete er, „da sitzt es."

„Wie fühlt es sich denn an?", fragte sie.

Markus ließ sich Zeit. „Unruhig", meinte er schließlich, und allmählich sicherer werdend, „ja doch, irgendwie unruhig".

„Kannst du diese Unruhe näher beschreiben?", fragte Margret nun, während ihre geschlossenen Fingerkuppen einen gleichbleibenden Kontakt zu dem rechten unteren Rippenbogen hielten. „Lass dir ruhig Zeit."

„Nun", meinte Markus nach einer ganzen Weile, „ich glaube, dass sich da etwas angestaut hat, und das ist diese Unruhe. Ja, ich glaube, das ist es."

„Was hat sich denn da angestaut?", fragte Margret, ihre Bewegung mit gleichmäßigem Druck beibehaltend. „Wo kommt das denn her?"

„Das kann ich gar nicht so genau sagen."

„Wie fühlt sich das denn an?"

„Frustriert, ziemlich frustriert, ja, frustriert und unruhig."

„Und wie ist es hier?" Dabei bewegte Margret ihre Hand, den kreisförmigen Druck beibehaltend, ein Stück auf seine Körpermitte zu.

„Ruhiger, deutlich ruhiger, beruhigend irgendwie."

„Aha", meinte sie und ließ ihre Hand dort etwas verweilen, „ruhiger."

„Dieses Gefühl, diese Unruhe", dabei führte sie ihre Hand wieder zu der ursprünglichen Stelle zurück, „ist das etwas, was dir vertraut ist, oder ist es dir eher fremd? Lass dir Zeit."

Die Zeit verging.

„Das weiß ich nicht. Nein, das kann ich nicht so gut beantworten."

„Ist es erst in letzter Zeit aufgetreten, oder kennst du dieses Gefühl schon von deiner Kindheit an? Ist es etwas, was schon immer zu dir gehört hat?"

„Ich meine, dass es in letzter Zeit verstärkt aufgetreten ist."

„Seit wann?"

„Na ja, so irgendwie in den letzten sechs Monaten vielleicht."

„Und meinst du, dass es zu dir gehört, oder ist es eher etwas Fremdes?"

„Das weiß ich nicht", äußerte er nach einer Weile des Nachdenkens, „das kann ich wirklich nicht beantworten."

„Tritt es denn verstärkt zuhause auf oder auch eher an anderen Orten?"

„Zuhause ist es eigentlich immer da. An anderen Orten manchmal nicht, je nachdem, wer so da ist, und was ich dort so mache."

„Jetzt konzentrier dich noch mal: Ist dieses Gefühl ein Teil von dir oder ist es eher etwas Fremdes?"

„Inzwischen", antwortete er, nach einer Weile mühsamen Nachdenkens, „inzwischen ist es ein Teil von mir."

„Hallo Markus – oder besser Adam? - mal wieder im teuersten After Shave gebadet?", begrüßte Elsa ihn, ungerührt grinsend, als er pünktlich um 19.00 Uhr mit den Zutaten für das Abendessen bei ihr auftauchte, und er wusste, dass er wieder einmal alles falsch gemacht hatte.

Eva von Kleist, geboren 1952 in Iserlohn und auf-
gewachsen in städtischem Ambiente, fühlte sich seit
Kindesbeinen zum Landleben hingezogen. Inzwischen lebt sie mit Mann und Maus (5 Hühner, 2
Pferde, 1 Katze) auf einem Resthof in Welver.

Nach ihrem Studium in Münster unterrichtete sie
von 1980 bis 2017 die Fächer Deutsch, Literatur und
Sozialwissenschaften.

2019 schloss sie sich den BördeAutoren an. Eva
von Kleist schreibt Kurzgeschichten und Erzählungen.

Im Oktober 2020 veröffentlichte sie, gemeinsam
mit Milla Dümichen, den ersten Teil des E-Mail-
Romans „Spätlese und Eiswein".

Hier gehen die beiden Autorinnen der Frage
nach, ob ältere Frauen sich noch einmal verlieben
sollten...

Milla Dümichen & Eva von Kleist

SPÄTLESE & EISWEIN

Ein E-Mail-Roman, 1. Teil
BoD-Books on Demand, Norderstedt
ISBN: 9783752625875

Leseprobe:

28.08.2018

Liebe Gabi,

wie versprochen melde ich mich aus Norddeutschland. Du weißt, ich habe es mir mit dem Umzug hierhin nicht leicht gemacht. Aber meine Tochter, die Enkelkinder und nicht zuletzt die Seeluft haben mich umgestimmt. Nun lebe ich schon seit zwei Monaten in einem kleinen Kurort in der Nähe von Friedrichstadt in Nordfriesland. Erinnerst du dich an meine Skepsis, mit 65 ins Rentnerparadies umzuziehen? Die Fünfzigjährigen zählen hier zu den jungen Einwohnern. Aber weißt du was? Ich bin zufrieden. Ach was, *zufrieden*, klingt irgendwie wie *nicht ganz glücklich*. Aber so ist es nicht. Denn in diesen zwei Monaten ist schon so viel Wunderbares passiert, dass ich es dir unbedingt erzählen muss.

Stell dir vor: Ich habe einen ganz tollen Mann kennengelernt! Und das mit 65! Das erste Mal seit zwanzig Jahren! Deine unbändige Lis wagt den Sprung in ein Liebesabenteuer.

Er heißt Bernd, ist mit seinen 72 Jahren lebenslustig und voller Energie. Noch vor drei Monaten konnte ich mir nicht vorstellen, dass ich in meinem Alter noch begehrt werden kann, mit meinem gealterten Körper, [...] Ich war bisher froh, aus dem Alter heraus zu sein, wo die Leidenschaft uns umtreibt und uns manche Dummheiten begehen lässt.

Und jetzt ist Bernd da und mein Leben gerät aus den Fugen. Wir haben uns beim Lampionfest in Friedrichstadt kennengelernt. [...] Wir sahen uns, und aus dem Nichts ist ein Funke zwischen uns übergesprungen. Und jetzt sind wir fast unzertrennlich. [...]

Es ist wunderbar, wie gut es mit uns funktioniert. Wir gehen auch zweimal die Woche tanzen, gut, dass ich meine alten Tanzschuhe nicht in den Altkleidercontainer geworfen habe!

Im Tanzlokal habe ich viele Menschen kennengelernt, Paare, aber auch alleinstehende Frauen.

Und stell dir vor, Gabi, von diesen Frauen ernte ich reichlich Spott. Sie lästern hinter meinem Rücken und nennen es sogar „eine Schande, sich in dem Alter einen Liebhaber zuzulegen".

Das kränkt mich!

Ach Gabi, du sollst nicht denken, dass ich mich bei dir beklagen möchte. Es ist nur so, dass ich meine Einstellung von früher, *Liebe im Alter ist etwas Anstößiges, was verschwiegen und verborgen gehört*, abgelegt habe. Meine Liebe zu Bernd ist völlig legitim, und es gibt nichts, wofür ich mich schämen sollte. Was meinst du dazu, Gabi? Du warst doch immer die Besonnene von uns beiden, die mit dem kühlen Kopf.

Übrigens, meine Tochter und die Enkelkinder finden meine Beziehung zu Bernd ganz in Ordnung.

Deine Lis

PS: Du fehlst mir!

30.08.2018

Liebe Lis,

ich freue mich, dass es dir so gut geht, muss dir aber gleich sagen, dass ich dich nicht beneide. Ich bin mit meinen 72 total zufrieden mit meinem Single-Dasein: Ich bin fit, ungebunden und vor allem bin ich selbständig. [.....]

Angst vor Einsamkeit habe ich nicht.

Bei meinen vielen Interessen, die ich mit anderen teile, bin ich eher froh, wenn ich hin und wieder still und möglicherweise geistlos vor mich hindümpeln kann. Wenn ich mich aber mit Bekannten treffe, dann bin ich immer voll dabei, sozusagen auf 120, und nicht im reduzierten „Hasi-Mausi-Sofa-Abhänge-Modus", der außer Bequemlichkeit und zusätzlichen Pfunden nichts bringt.

Ja - und dann gibt es da noch etwas: Die Mutter eines Freundes, damals mit 70 bereits Witwe, hat auf meine Frage nach einer neuen Partnerschaft etwas angeekelt geäußert: „Nee, da bin ich fies vor", was ich damals gar nicht verstanden habe, heute aber umso besser nachvollziehen kann. Denn, so leid es mir tut, liebe Lis: Alte Männer stinken! Vielleicht nicht, wenn sie ausgiebig gebadet haben, aber dieser schöne Zustand hält höchstens eine halbe Stunde an. [...] Es braucht schon einen gewaltigen Hormonstoß, um das alles auszublenden. Er sei dir gegönnt!

[.....]Liebe Lis, ich wünsche dir, dass deine Hormone noch lange mit dir Tango tanzen und dass du nicht eines Tages aufwachst, neben einem alten, nicht gut riechenden Menschen, der sehr laut schnarcht, seine Socken unstrukturiert im Zimmer verteilt hat und der all das nicht damit wettmachen kann, dass er schon seit 45 Jahren mit dir zusammenlebt. Ich hoffe, du verzeihst mir die klaren Worte.

In alter Freundschaft

deine Gabi